잘 지내나요? 겨울

• 일러두기

1. 본문은 가능한 한 원문 그대로 실었으나, 가독성을 해치는 경우 독자의 이해를 돕기 위해 현대의 한글 표기법을 따랐습니다.
2. 잡지와 신문, 장편의 제목은《 》으로 표기했으며, 단편과 시, 영화, 그림의 제목은〈 〉으로 표기했습니다.
3. 본문 중 내용 이해가 어려운 경우 괄호 속에 현대어를 함께 풀어서 사용하였습니다.

잘 지내나요? 겨울

성재림

판테온하우스

프롤로그

겨울 혹은 그리움, 그리고 〈러브레터〉

하늘과 땅, 사방의 경계가 사라진 새하얀 설원 위에 한 여자가 서 있다. 한겨울에 핀 붉은 동백꽃처럼 빨간 스웨터를 입은 여자는 하얀 공간 위의 한 점이 되어 방향 없는 인사를 건넨다.

"잘 지내고 있나요? 나는 잘 지내고 있어요."

홋카이도의 새하얀 설원을 배경으로 하는 영화 〈러브레터〉는 그렇게 내게 다가왔다. 그리고 평생 잊지 못할 하나의 추억이 되었다.

사실, 먼저 영화를 본 친구에게 미리 얘기를 전해 들은 터라 감성적으로 무너지지 않을 자신이 어느 정도 있었다. 그러나 웬걸, 이미 퇴색되고 무뎌진 줄로만 알았던 감성이 영화를 보는 동안 되살아나, 매우 오랜만에 가슴이 두근거렸다.

그렇게 〈러브레터〉는 내 기억 속에 각인되었다. 그리고 20여 년이 흘렀다. 여전히 많은 이들이 겨울에 다시 보고 싶은 영화로 〈러브레터〉를 꼽고 있다. 그들 역시 나 못지않게 가슴 한자리를 〈러브레터〉에게 내줬기 때문이다.

그런 점에서 이 책은 춥고 가슴 시렸던 나의 스무 살 겨울을 따뜻하게 감싸줬던 영화 〈러브레터〉에 대한 오마주(hommage, 프랑스어로 '존경', '감사'의 표시)라고 할 수 있다.

겨울. 다시 겨울이 왔다. 세상 만물이 잠시 휴식을 취하는 계절, 겨울. 겨울은 원래 '집에 머물다'라는 의미를 담고 있다. '머물다'라는 뜻을 가진 '겻다'가 변해서 '겻+을-겨슬-겨울'이 된 것이다. 그러나 겨울만큼 낭만적이고 사람 마음을 포근하게 해주는 계절이 또 어디 있으랴. 그 이면에는 '눈'이 있다. 그렇다. 겨울은 눈으로서 비로소 완성된다.

문인들은 과연 겨울을 어떻게 그렸을까? 란 궁금증에서 출발한 이 책은 문인들의 소소하지만, 따뜻하고 행복했던 겨울에 관한 추억을 담고 있다. 이에 첫눈, 첫사랑, 그리움, 추억, 설렘, 러브레터, 새해… 그리고 크리스마스에 관한 그들의 진한 향수를 자연스레 끄집어낸다.

눈은 이 땅 위에 흩어진 모든 보기 싫은 것들, 추한 물건을 하얗게 덮어서 우리의 시야를 아름답게 해줄 뿐만 아니라, 마음속의 어지럽고 미운 것들까지도 곱게 덮어주는 것이니, 실로 눈이 오는 날엔 누구에게나 천사가 되어주고 싶다.

눈 오는 날은 마음이 고와집니다. 먼 데 있는 사람이 그리워집니다. 아무라도 껴안고 싶게 다정해지는 눈 오는 날, 퍼붓는 눈 속에 저무는 거리를 혼자서 걸어가는 재미! 아아, 나는 어릴 때부터 얼마나 눈 쏟아지는 북극의 거리를 그리워하며 켰는지 모릅니다.

이렇듯 흰 눈으로 가득 덮인 세상은 문인들의 창작욕을 한층 더 자극했을 뿐만 아니라 마음을 포근하게 감싸주었다. 이에 겨울의 낭만과 추억을 전하는 문인들의 이야기에 푹 빠져 있다 보면, 어느새 마음이 따뜻해져 오는 것을 느낄 수 있다.

영화 〈러브레터〉에 가슴 한자리를 내준 채 또다시 가슴 시린 겨울을 맞는 사람들이라면 한 번쯤 읽어보기를 권한다. 영화와는 또 다른 감성과 낭만을 느낄 수 있을 것이다.

이제 곧 꽃송이 같은 눈이 훨훨 휘날릴 것이다.

— 겨울을 앞두고, 사림에서

〈추천시〉

순이가 떠난다는 아침에 말못할 마음으로 함박눈이 내려, 슬픈 것처럼 창밖에 아득히 깔린 지도 위에 덮힌다. 방 안을 돌아다봐야 아무도 없다. 벽과 천정이 하얗다. 방 안에까지 눈이 내리는 것일까. 정말 너는 잃어버린 역사처럼 홀홀이 가는 것이냐. 떠나기 전에 일러둘 말이 있던 것을 편지를 써서도 네가 가는 곳을 몰라 어느 거리, 어느 마을, 어느 지붕 밑, 너는 내 마음 속에만 남아 있는 것이냐. 네 조그만 발자국을 눈이 자꾸 내려 덮혀 따라갈 수도 없다. 눈이 녹으면 남은 발자국 자리마다 꽃이 피리니 꽃 사이로 발자욱을 찾아 나서면 일 년 열두 달 하냥 내 마음에는 눈이 내리리라.

–윤동주, 〈눈 오는 지도〉

목차

#01

/

꽃송이 같은 첫눈

— 강경애, 1932년 12월《신동아》

오늘은 아침부터 해가 안 나는지 마치 촛불을 켜는 것처럼 발갛게 피어오르던 우리 방 앞이 종일 컴컴했다. 이따금 문풍지가 우룽룽 우룽룽 소리를 내었다. 잔기침 소리가 나며, 마을에 갔던 어머니가 들어오신다.

"어머니, 어디 갔댔어?"

나는 바느질하던 손을 멈추고 어머니를 쳐다보았다. 치마폭에 풍겨 들어온 산뜻한 찬 공기며 발개진 코끝.

"에이, 춥다."

어머니는 화로를 마주 앉으며 부저(불덩이를 집거나 불을 헤치는 데 쓰는 쇠로 만든 젓가락)로 손끝이 발개지도록 불을 헤친다.

"잔칫집에 갔댔다."

"응, 잔치 잘해?"

"잘하더구나."

"색시 고와?"

"쓸 만하더라."

무심히 어머니의 머리를 쳐다보니 물방울이 방울방울 서렸다.

"비 와요?"

"비는 왜, 눈이 오는데."

"눈? 벌써 눈이 와. 어디."

아이처럼 뛰어 일어나다가 손끝이 따끔해서 보니 바늘이 반짝 빛났다.

"에그, 아파라. 고놈의 바늘."

나는 이렇게 중얼거리며 옥양목 오라기(실이나 헝겊 따위의 길고 가느다란 조각)로 손끝을 동이고 밖으로 뛰어나갔다. 하늘은 보이지 않고 눈송이로 뽀얗다. 그리고 새로 한 수숫대 바자갈피(대나 수수깡 따위로 발처럼 엮거나 결어서 만든 물건의 틈)에는 눈이 한 줌이나 두 줌 되어 보이도록 쌓인다. 보슬보슬 눈이 내린다. 마치 내 가슴속까지도 눈이 내리는 듯했다. 그리고 나는 듯 마는 듯한 냄새가 나의 코끝을 깨끗하게 한다.

무심히 나는 손끝을 굽어보았다. 하얀 옥양목 위에 발갛게 피가 배었다.

'너는 언제까지나 바늘과 싸우려느냐?'

나도 모르게 이런 물음이 입속에서 굴러떨어졌다. 나는 싸늘한 대문에 몸을 기댄 채 어디를 특별히 바라보는 것도 없이 언제까지나 움직이지 않았다.

아아, 꽃송이 같은 눈이 떨어진다, 떨어진다!

#02

크리스마스와 여자

— 박인환, 1955년 2월《신태양》

크리스마스라고 하지 않아도 여자…… 라고 생각할 때면 나는 눈 내리는 시베리아 들판으로 유형(流刑, 유배)되는 카추샤(톨스토이의《부활》에 나오는 인물)를 생각한다.

또 눈이 내린다. 내 가슴에 가볍게 눈이 내린다. 그러면 나는 자연스럽게 크리스마스를 떠올린다. 사실 나와 크리스마스와 여자는 웬일인지 인연이 깊은 것만 같은 지나친 나의 리리시즘(Lyricism, 예술적 표현의 서정성) 정신이라고 해야만 되겠다.

겨울날, 밖에는 눈바람이 쌩쌩 부는데, 따스한 방 안에서 처음 만나는 여자와 손이라도 잡고 시인 '구르몽'의 시몬의 이야기라도 하고 싶다. 그리고 이야기가 멈출 때 양주라도 한 잔 마시며 창밖 풍경을 내다보는 것도 정서적일지 모르나, 요즘과 같은 준열(峻烈, 매우 엄하고 무서움)한

시대에는 이런 낭만도 있을 성싶지 않다.

겨울은 외로운 계절이다. 무척 마음을 상하게 하는 밤이 이어진다. 그럴 때 여자를 만나 크리스마스이브 종소리를 들으면 잠들지도 못하고, 그러면서도 고요한 거리…… 반드시 눈이 내려야 하는 거리를 걷는다면 얼마나 좋을 것인가.

공상이나 잡념은 그만두고 좀 더 절실한 이야기를 하고 싶다. 아무리 마음속으로 크리스마스와 여자에 관한 달콤한 얘기를 해봤자 기분이 아우러지지(여럿이 조화되어 한 덩어리나 한 판을 이루게 됨)는 못할 것이다.

지금으로부터 ×년 전, 그곳은 부산이었다. 부산의 크리스마스이브는 눈이 오지 않았다. 이것부터가 웃기다. 내가 일을 보고 있었던 회사는 가톨릭계였기 때문에 나를 뺀 직원 대부분이 초저녁부터 성당에 갔다. 나는 혼자 이 집 저 집 아는 주점을 찾아다니며 술을 마시고, 혹시 산타클로스 할아버지를 만나면 용돈이라도 좀 달라고 하고 싶은 심정이었다.

밤은 깊어졌다. 교회 앞을 지날 때 요란스럽게, 그러면서도 부드러운 찬송가가 들린다. 마치 술 취한 나를 비웃기라도 하듯이…….

골목길을 지나 막 다음 골목으로 빠지려고 할 때였다. 한 소녀가 울고 있었다. 보통 때 같으면 물어볼 필요도 없었지만, 술의 힘을 빌려, 나는 소녀에게 왜 우는지 물었다. 아버지가 돌아가셨다는 것이다.

크리스마스 날 밤의 죽음! 나는 술이 확 깼다. 집이라고는 말뿐! 판잣집 속 희미한 등불 아래서 아이의 어머니 역시 흐느껴 울고 있었다. 나는 주머니 속에 있던 돈을 모조리 꺼내어 조위금으로 털어 버렸다. 소녀의 아버지가 무엇을 하던 사람인지, 소녀의 이름이 무엇인지 알 필요도 없었다. 나는 그들이 거절하는 것을 뿌리치고 산타클로스 할아버지 역할을 했을 따름이다.

세월이 갔다. 벌써 4~5년은 되는 것 같다. 그 소녀는 성숙했을 것이며, 또한 미인이 되었을 것이다. 지금까지, 솔직히 말하면 이런 제목으로 글을 쓰라고 청탁을 받기 전까지 그 일을, 또 소녀를 조금도 생각하지 않았다. 실상 잊어버렸다고 해야 할 것이다.

크리스마스와 여인 하면 신비스럽고, 아기자기하고, 흐뭇한 이야기가 있을 것 같아 이런 제목이 주어졌을 것이다. 그러나 막상 크리스마스와 여인을 관련해서 생각해보려니 역시 구미를 돋울 만한 이야기는 나오지 않는다. 그저 잊어버린 기억에서 몇 해 전, 산타클로스 할아버지였던 기억이 가물가물 떠오르는 것밖에. 그밖에는 별다른 여인도, 추억도 떠오르지 않는다. 하지만 그것만으로도 나는 좋다. 크리스마스 날 밤, 아버지를 여의고 흐느꼈던 그 낯모르는 소녀의 애처롭던 모습을 생각해내는 것만으로도 매우 흡족하기 때문이다.

올겨울 크리스마스에는 눈이 왔으면 한다. 하지만 그런다고 해도 그다지 흥취는 일어나지 않을 것이다. 좀 심이 펴져 집에 양주나 몇 병 사다 놓고 좋은 친구와 술을 나눌 때 그때 소녀가 아니, 지금은 성장한 여자가 되어 점잖고 출중한 청년과 함께 크리스마스 날 밤에 작고한 아버지 이야기를 하며 걸어가는 것을 들창으로 바라보았으면 좋겠다. 이것은 나의 지나친 환상도 아니며, 가능성 없는 이야기도 아니다.

크리스마스와 여자……. 너무도 즐겁고, 너무도 서러운 이야기가 되고 말았다. 시베리아로 간 카추샤의 청춘의 날과도 같이…….

#03

/

편지

— 백 석, 1936년 2월 2일《조선일보》

이 밤, 이제 조금만 있으면 닭이 울어서 귀신이 제집으로 가고, 육보름날(보름 다음 날 밤)이 오겠습니다. 이 좋은 밤에 시꺼먼 잠을 자면 하얗게 눈썹이 센다는 말은 얼마나 무서운 말입니까. 육보름날이면 옛사람들의 인정 같은 고사리의 반가운 맛이 나를 울려도 좋듯이 허연 영감 귀신의 호통 같은 이 무서운 말이 이 밤에 내 잠을 쫓아버려도 나는 좋습니다.

고요하니 즐거운 이 밤 초롱초롱 맑게 괸 샘물 같은 눈으로 나는 지금 당신께서 보내주신 맑고 고운 수선화 한 폭을 들여다봅니다. 들여다보노라니, 그윽한 향기와 새파란 꿈이 안개같이 오르고, 노란 슬픔이 냇내(물건이 탈 때 나는 연기 냄새)같이 오릅니다. 나는 이제 이 긴긴밤을 당신께 이 노란 슬픔의 이야기나 해서 보내도 좋겠습니까?

남쪽 바닷가 어느 낡은 항구의 처녀 하나를 나는 좋아하였습니다. 머리가 까맣고, 눈이 크고, 코가 높고, 목이 패고, 키가 호리낭창(가늘고 날씬함)하였습니다. 그녀가 열 살이 못 되어 젊디젊은 그 아버지는 가슴을 앓아 죽고, 그녀는 아름다운 젊은 홀어머니와 둘이 동지섣달에도 눈이 오지 않는 따뜻한 이 낡은 항구의 크나큰 기와집에서 그늘진 풀같이 살아왔습니다.

어느 해 유월이 저물게 실비 오는 무더운 밤에 처음으로 그녀를 안 나는 여러 아름다운 것에 그녀를 견주어 보았습니다. 당신께서 좋아하는 산새에도, 해오라비(해오라기)에도, 또 진달래에도 그리고 산호에도…… 그러나 나는 어리석어서 아름다움이 닮은 것을 골라낼 수 없었습니다. 총명한 내 친구 하나가 그를 비겨서 '수선(水仙, 수선화)'이라고 하였습니다. 그제야 나도 기뻐서 그를 비겨 수선이라고 하였습니다. 그러한 나의 수선이 시들어갑니다. 그녀는 스물을 넘지 못하고 또 가슴의 병을 얻었습니다.

이제 이 이야기는 이만하고, 나의 노란 슬픔이 더 떠오르지 않게, 나는 당신이 보내주신 맑고 고운 수선화의 폭을 치워놓아야 하겠습니다.

밤이 아직 샐 때가 멀고 또 복밥(보름을 지낸 후 먹던 밥)을 먹을 때도 아직 되지 않았습니다. 이제 나는 어머니의 바느질그릇이 있는 데로 가서 무새(물감을 들인 천)헝겊이나 얻어다가 알록달록한 각시(조그맣게 색시 모양으로 만든 여자 인형)나 만들면서 이 남은 밤을 당신께서 좋아하실 내 시골 육보름날 밤 이야기나 해서 보내도 좋겠습니까?

육보름으로 넘어서는 밤은 집집이 안간으로, 사랑으로, 웃간에도, 누방(다락)에도, 허청에도 고방(광)에도, 부엌에도, 대문간에도, 외양간에도, 모두 쩨듯하니(빛이 선명하고 뚜렷함) 불을 켜놓고 복을 맞이하는 밤입니다. 달 밝은 마을의 행길('한길'의 방언. 사람이 많이 다니는 큰길) 어디로는 복덩이가 돌아다닐 것도 같은 밤입니다. 닭이 수잠(겉잠. 즉, 깊이 들지 않는 잠)을 자고, 개가 밥물을 먹고, 도야지가 깃(털)을 들썩이는 밤입니다.

새악시(새색시) 처녀들은 새 옷을 입고, 복물을 긷는다고 벌을 건너기도 하고, 고개를 넘기도 하여 부잣집 우물로 가서 반동이(보통 동이의 절반 정도 되는 자그마한 동이)에, 옹패기(옹배기. 둥글넓적하고 아가리가 쩍 벌어진 아주 작은 질그릇)에 찰락찰락 물을 길어오며 별 같은 이야기를 재깔재깔하는 밤입니다.

새악시 처녀들은 또 복을 가져오느라고 달을 보고 웃어가며 살기('살쾡이'의 함경도 방언)같이, 여우같이 부잣집으로 가서는 날쌔기도 하게 기왓골의 기왓장을 벗겨오고, 부엌의 솥뚜껑을 들어오고, 곱새담(풀이나 짚으로 엮어서 만든 담)의 짚 날을 뽑아오고…… 이렇게 허물없는 즐거움 속에 끼득깨득(키득키득)하는 그들은 산에서 내린 무슨 암짐승이 되어버리는 밤입니다.

그러다가는 집으로 들어가서 마음 고요히 세 마디 달린 수숫대 마디마다 콩 한 알씩을 박아 물독 안에 넣는 밤인데, 밝은 날 산 끝이라는 윗마디, 중산이라는 가운데 마디, 해변이라는 밑 마디의 그 어느 마디의 콩이 붙는가를 보고 그 어느 고장에 풍년이 들 것을 점칠 것입니다. 그러다가는 닭이 울어서 새날이 아홉 가지 나물에 아홉 그릇 밥을 먹으며, 먹으면 몸 솔쐐기('송충이'의 평안도 방언)가 쏜다는 김치와 먹으면 김맬 때 비가 온다는 물을 자꾸 먹고 싶어 하는 밤입니다.

이렇게 해서 육보름날 아침이 됩니다. 새악시 처녀들은 해뜨기 전에 동리 국수당('서낭당'의 평안도 방언)의 스무나무(시무나무 또는 스미나무로 불린다. 흔히 마을 정자목으로 쓰이며 농사의 풍흉을 점치기도 한다) 가지를 꺾어 오래서 가시가시에 하이얀 솜을 피우고, 그 솜 밭 속에 며칠 앞서부터 스물이고 서른이고 만들어놓은 울긋불긋한 각시와 새하얀 할미를 세워서는 굴통담에, 곱새담에, 장독담에 꽂아놓는데, 이렇게 하면 이 해에는 하루같이 목화밭에서 천 근 목화가 난다고 믿는 그들의 새 옷 스치는 소리도 좋게 의좋게 짝패(단짝)들끼리 끼리끼리 밀려다니며 담장마다 머물러서는 목화 따는 할미며, 각시와 무슨 이야기나 하는 듯이 즐거워하는 것입니다.

(닭이 우나?) 아, 닭이 웁니다. 나는 이만 이야기를 그치고 복밥을 기다리는 얼마 아닌 동안 신선과 고사리와 수선화와 병든 내 사람이나 생각하겠습니다.

#04

백설부(白雪賦)

— 김진섭, 1939년《조광》

말하기조차 어리석은 일이나, 도회인으로서 비를 싫어하는 사람은 많을지 몰라도, 눈을 싫어하는 사람은 아마 거의 없을 것이다. 눈을 즐기는 것은 비단 개와 어린이들뿐만이 아닐 것이요, 겨울에 눈이 내리면 온 세상이 일제히 고요한 환호성을 소리 높이 지르는 듯한 느낌이 난다.

눈 오는 날에 나는 일찍이 무기력하고 우울한 통행인을 거리에서 보지 못하였으니, 부드러운 설편(雪片, 눈 조각)이 생활에 지친 우리의 굳은 얼굴을 어루만지고 간질일 때, 우리는 어찌 된 연유(緣由)인지, 부지중(不知中, 알지 못하는 사이에) 온화하게 된 색채를 띤 눈을 가지고 이웃 사람들에게 경쾌한 목례(目禮, 눈인사)를 보내지 않을 수 없게 되는 것이다.

나는 겨울을 사랑한다. 겨울의 모진 바람 속에 태고(太古)의 음향을 찾아 듣기를 좋아하기 때문이다. 그러나 뭐라 해도 겨울이 겨울다운 서정시(抒情詩)는 백설(白雪), 이것이 정숙히 읊조리는 것이니, 겨울이 익어 가면 최초의 강설(降雪)에 의해서 멀고 먼 동경의 나라는 비로소 도회에까지 고요히 고요히 들어오는 것인데, 눈이 와서 도회가 잠시 문명의 구각(舊殼, '낡은 껍질'이란 뜻으로 옛 제도나 관습을 말함)을 탈(脫)하고 현란한 백의(白衣)를 갈아입을 때, 눈과 같이 온 이 넓고, 힘세고, 성스러운 나라 때문에 도회는 문득 얼마나 조용해지고, 자그마해지고, 정숙해지는지는 알 수 없다. 하지만 이때 집이란 집은 모두가 먼 꿈속에 포근히 안기고, 사람들 역시 희귀한 자연의 아들이 되어 모든 것은 일시에 원시시대의 풍속을 탈환한 상태를 정(呈, 나타냄 혹은 띰)한다.

온 천하가 얼어붙어서 찬 돌처럼 딱딱한 겨울날 한가운데, 대체 어디서부터 이 한없이 부드럽고 깨끗한 영혼은 아무 소리도 없이 한들한들 춤추며 내려오는 것인지, 비가 겨울이 되면 얼어서 눈으로 화한다는 것은 참으로 고마운 일이다.

만일 이 삭연(索然, 외롭고 쓸쓸함)한 삼동이 불행히도 백설을 가질 수 없다면, 우리의 작은 위안은 더욱 그 양을 줄이고야 말 것이니, 가령 우리가 아침에 자고 일어나서 추위를 참고, 열고 싶지 않은 창을 가만히 밀고 밖을 한번 내다보면, 이것이 무어랴. 백설애애(白雪皚皚, 백설이 무성함)한 세계가 눈앞에 전개되어 있을 때, 그때 우리가 마음에 느끼는 것은 과연 무엇일까? 말할 수 없는 환희 속에 우리가 느끼는 감상은 이 아름다운 밤을 헛되이 자버렸다는 것에 대한 후회의 정이요, 그래서 가령, 어젯밤에 잘 적엔 인생의 무의미함에 대해서 최후의 단안을 내린 바 있었다

하더라도, 적설(積雪)을 조망하는 이 순간 만큼은 생(生)의 고요한 유열(愉悅, 유쾌하고 기쁨. 즉, 즐거움)과 가슴의 가벼운 경악을 아울러 맛볼 수 있다. 또 소리 없이 온 눈이 소리 없이 곧 가버리지 않고, 마치 하늘이 내려주신 선물인 것처럼 순결하고 반가운 모양으로 우리 마음을 즐겁게 하고, 또 순화(純化)시켜주기 위해서 아직도 얼마 동안은 남아 있어 준다는 것은, 흡사 우리 애인이 우리를 몰래 습격함으로 인해 우리의 경탄과 우리의 열락(悅樂, 기뻐하고 즐거워함)을 한층 더 고조하려는 것과도 같다고나 할는지!

우리의 온 밤을 행복하게 만들어주기는 하나, 아침이면 흔적도 없이 사라지는 감미로운 꿈과도 같이 그렇게 민속(敏速, 행동이나 일의 처리가 민첩하고 빠름)하다고는 할 수 없어도, 한 번 내린 눈은, 그러나 그다지 오랫동안은 남아 있어 주지는 않는다. 슬픈 일이나 이 지상의 모든 아름다운 것은 얼마나 단명(短命)하며, 또 얼마나 없어지기 쉬운가! 그것은 말하자면 기적같이 와서는 행복같이 달아나 버리는 것이다.

편연(便姸, 몸이 작고 아리따움) 백설이 경쾌한 윤무(輪舞, 여럿이 둥그렇게 둘러서서 추거나 돌면서 추는 춤)를 가지고 공중에서 편편히(翩翩—, 나는 모양이 가볍고 날쌔게) 지상에 내려올 때, 이 순치(馴致, 길들임)할 수 없는 고공(高空) 무용이 원거리에 뻗친 과감한 분란(紛亂)은 이를 보는 사람으로 하여금 거의 처연한 심사를 가지게까지 하는데, 대체 이들 흰 생명은 이렇게 수많이 모여선 어디로 가려는 것인고? 이는 자유의 도취 속에 부유(浮遊)함을 말함인가? 혹은 우리의 참여하기 어려운 열락(悅樂)에 탐닉하고 있음을 말함인가?

백설이여! 잠시 묻노니, 너는 지상의 누가 유혹했기에 이곳에 내려오는 것이며, 그리고 또 너는 공중에서 무질서의 쾌락을 배운 뒤에 이곳에 와서 무엇을 시작하려는 것이냐? 천국의 아들이요, 경쾌한 족속이여, 바람의 희생자인 백설이여! 과연 뉘라서 너희의 무정부주의를 통제할 수 있으랴? 너희들은 우리 사람까지를 너희의 혼란 속에 휩쓸어 넣을 작정인 줄 알 수 없되, 그리고 또 사실상 그 속에, 혹은 기꺼이, 혹은 할 수 없이 휩쓸려 들어가는 자도 많이 있으랴마는, 그러나 사람이 과연 그러한 혼탁한 와중(渦中, 일이나 사건 따위가 시끄럽고 복잡하게 벌어지는 가운데)에서 능히 견딜 수 있으리라고 너희는 생각하느냐?

백설의 이 같은 난무(亂舞)는 물론 언제까지나 계속되는 것은 아니다. 일단 강설(降雪, 눈이 내림)의 상태가 정지되면, 눈은 지상에 쌓여 실로 놀랄 만한 통일체를 현출(現出)시키는 것이니, 이와 같은 완전한 질서, 이와 같은 화려한 장식을 우리는 백설이 아니면 어디서 또다시 발견할 수 있을까? 그래서 그 주위에는 또한 하나의 신성한 정밀(靜謐, 고요하고 편안함)이 진좌(鎭座, 자리를 잡아 앉음)하여, 우리에게 우리의 마음을 엿듣도록 명령하는 것이니, 이때 모든 사람은 긴장한 마음을 가지고 백설의 계시(啓示)에 귀를 깊이 기울이지 않을 수 없는 것이다.

보라! 우리가 절망 속에서 기다리고 동경하던 계시는 참으로 여기 우리 앞에 와서 있지는 않은가? 어제까지도 침울한 암흑 속에 잠겨 있던 모든 것이, 이제는 백설의 은총(恩寵)에 의하여 문뜩 빛나고, 번쩍이고, 약

동하고, 웃음 치기 시작하고 있기 때문이다.

말라붙은 풀 포기, 앙상한 나뭇가지들조차 풍만한 백화(百花)를 달고 있음은 물론이요, 괴벗은 전야(田野, 논밭으로 이루어진 들)는 성자의 영지(領地, 영토)가 되고, 공허한 정원은 아름다운 선물로 가득하다. 모든 것은 성화(聖化, 성스럽게 됨)되어 새롭고, 정결하고, 젊고, 정숙한 가운데 소생되는데, 그 질서, 그 정밀은 우리에게 안식을 주며 영원의 해조(諧調, 잘 조화됨)에 대하여 말한다.

이때 우리의 회의(懷疑)는 사라지고, 우리의 두 눈은 빛나며, 우리의 가슴은 말할 수 없는 무엇을 느끼면서, 위에서 내려온 축복을 향해서 오직 감사와 찬탄을 노래할 뿐이다.

눈은 이 지상에 있는 모든 것을 덮어줌으로 인해서 하나같이 희게 하고 아름답게 한다. 특히 그 중에도 눈에 덮인 공원, 눈에 안긴 성사(城舍, 성곽), 눈 밑에 누운 무너진 고적(古蹟), 눈 속에 높이 선 동상(銅像) 등을 봄은 일단으로 더 흥취의 깊은 곳이 있으니, 그것은 모두가 우울한 옛 시를 읽은 것과도 같이, 그 눈이 내리는 배후에는 알 수 없는 신비가 숨 쉬고 있는 듯한 느낌을 준다. 공원에는 아마도 늙을 줄 모르는 흰 사람들이 떼를 지어 뛰어다닐지도 모르는 것이고, 저 성사(城舍) 안 심원(深園)에는 이상한 향기를 가진 앨러배스터(눈을 흩어 뿌린 것과 같은, 흰빛의 치밀한 작은 알맹이의 덩어리로 석회암 등에 붙어서 장식용 조각재로 쓰임)의 꽃이 한 송이 눈 속에 외로이 피어 있는지도 알 수 없는 것이며, 저 동상(銅像)은 아마도 이 모든 비밀을 저 혼자 알게 되는 것을 안타깝게 생각하고 있을지도 모르기 때문이다.

그러나 뭐라 해도 참된 눈은 도회에 속할 물건이 아니다. 그것은 산중 깊이 천인만장(千仞萬丈, 매우 높거나 깊음)의 계곡에서 맹수를 잡는 자의 체험할 물건이 아니면 아니 된다. 생각해보라! 이 세상에 있는 눈은 여러 가지가 있을 것이니, 가령 열대의 뜨거운 태양에 쪼임을 받는 저 킬리만자로의 눈, 멀고 먼 옛날부터 아직껏 녹지 않고 안타르크리스(남극)에 잔존(殘存)해 있다는 눈, 우랄과 알래스카의 고원에 보이는 적설(積雪), 또 오자마자 순식간에 없어져 버린다는 상부 이탈리아의 눈 등. 이러한 여러 가지 종류의 눈을 보지 않고는 도저히 눈에 대해서 말할 수 없다고 아니할 수 없다.

그러나 불행히 우리의 눈에 대한 체험은 그저 단순히 눈 오는 밤에 서울 거리를 술집이나 몇 집 들어가며 배회하는 정도에 국한되는 것이니, 생각하면 사실 나의 백설부(白雪賦, 흰 눈에 관한 글)란 것도 근거 없고 싱겁기가 짝이 없다고 할 수밖에 없다.

#05

/

눈 오던 밤의 춘희

— 백신애, 발표연도 미정. 1930년대로 추정

6년 전이다. 그때 나는 서울 동쪽에 있었다. 그해에는 웬일인지 몇 십 년 만이라는 대설(大雪)이 내렸었다. 나는 아파트 삼 층 일실(一室, 하나의 방)에서 저물어 가는 눈 내리는 하늘을 하염없이 내다보느라고 유리창에 이마를 기대고 서 있었다. 그때 건너편 양관(洋館, 양옥. 즉, 서양식으로 지은 집) 삼 층에서 역시 눈 내리는 이웃 지붕을 내다보고 있는 한 여인이 있었다. 그 여인은 이미 오래전부터 나를 발견하였는지 내가 그녀를 바라보자 나를 향해 열심히 손을 흔들고 있었다. 그러나 그 양관과 내가 있는 아파트는 거의 백여 간(間)이나 떨어져 있었고, 또 저물어 가는 저녁인지라 여인의 얼굴을 볼 수는 없었다.

나는 조금 서먹서먹하기는 하지만 창문을 열고 손을 내밀어 그녀에게 흔들어 보였다. 그랬더니, 그녀는 갑자기 바쁜 일이라도 생긴 듯 다시 한 번 손을 흔들어 보이고는 곧 창가에서 사라졌다. 나는 어찌 된 셈인지 가슴이 쓸쓸해져 창문의 커튼을 내려버렸다. 그 사이에 전등이 켜지며 복도에서 조심스러운 발걸음 소리가 들려왔고, 가끔 머물러서는 기척이 느껴졌다.

'이웃 사람이겠지.'

하고, 테이블 앞 의자에 걸터앉아 원고지를 펼쳐보았다. 잠시 후 발걸음 소리는 내 방 앞에서 흐트러지며 얌전한 노크 소리가 났다.

나는 무심코 들어오라고 대답하고 말았다. 그러자,

"들어가도 좋을까요? ……."

라는, 아름다운 소프라노 음성이 들려왔다. 나는 노크한 사람의 주저하는 태도에 잠깐 생각한 후 일어서서 도어를 열었다.

"아—."

순간, 나는 질겁하고 말았다. 문 앞에 서 있는 사람은 꿈에도 얘기해본 적 없는, 눈부시게 반짝이는 금발을 가진 양녀(洋女)임이 틀림없었다.

"들어오세요."

라고, 이야기한 후 그녀를 방 안으로 들였다. 그러나 이내 다시 한 번 놀라고 말았다. 그 이유는 우리말이 무척 유창했기 때문이다.

"나는 저편으로 이사 온 지 일주일이 됐어요. 아침마다 당신이 창을 여는 것을 보았어요. 그때마다 손을 흔들어도 당신은 못 본 척하셨어요."

즉, 양관 창문에서 내게 손을 흔든 여인이 자기라고 하였다.

"아! 그랬어요? 나는 오늘 처음 당신을 발견했는데요."

어느새 나와 그녀는 십년지기처럼 정답게 이야기를 나누고 있었다.

"저 눈을 맞으며 우리 산책이나 합시다."

우리는 거리로 나섰다. 그리고 가까운 일비곡공원(日比谷公園, 히비야 공원)으로 향했다.

공원 앞까지 가서 우리는 함께 발을 멈추었다.

"무서워라……."

그녀는 갑자기 내게 바짝 다가서며 인적이 거의 없는 공원 안을 기웃거렸다. 나는 여기까지 눈을 맞고 걸어오는 동안 흠뻑 감상에 잠겨 있던 터라, 그녀의 어깨를 꽉 껴안았다. 그리고 눈물을 감추며 애달픈 설희(雪姬) 이야기를 들려주기로 했다.

"설희! 그녀는 나보다 한 살 위였지만, 몸집이 나보다 무척 작아서 나를 언니라고 불렀어요. 그녀는 사랑하는 이를 모(某) 사건으로 잃고 홀어머니와 가엾이 살았는데, 나는 그의 유일한 친구였습니다. 그녀는 항상 검은 루바시카(러시아 민속의상으로, 풍성한 긴 소매에 엉덩이를 가릴 정도로 길이가 길게 일직선으로 느슨하게 내려온 블라우스)를 입고, 내 가슴에 기대어 '언니! 나는 춘희를 사랑한답니다. 나도 춘희처럼 되렵니다. 아니, 나는 춘희보다 설희가 되렵니다. 함박눈이 펄펄 소리 없이 땅 위에 쌓일 때 나도 소리 없이 가렵니다.'라고 했어요. 그 후부터 그녀는 스스로 설희라고 이름을 고쳐 불렀습니다. 하지만 그녀 역시 춘희처럼 가슴을 앓고 있었습니다. 그 설희가 재작년 눈 내리는 밤에 소리 없이 먼 암흑의 나라로 정말 사라져 갔답니다."

내 이야기가 끝나자, 이 이국의 여인은 바로 가슴을 헤치고 흰 단추가 목까지 달린 새까만 블라우스를 내게 보이며,

"언니!"

하며, 감격에 떨리는 듯 나를 불렀다. 나는

"오!"

하는 감탄과 함께 그녀의 블라우스의 스타일이 그 전날 설희가 즐겨 입던 루바시카와 비슷함에 놀라며, 행여 설부(雪膚, '눈처럼 흰 살갗'이라는 뜻으로, 미인의 살결을 비유적으로 이르는 말)의 영혼이 나타난 것이 아닌가 해서 등허리에 찬 땀이 쭉 흘러내렸다.

"과연! 내 영감이 들어맞았어요. 당신은 반드시 내게도 유일한 친구가 될 것 같아요. 오늘 밤, 흰 눈이 내리는 가운데서 백(白)이란 성(姓)을 가진 당신과 친하게 되고, 설희 이야기를 들었으며, 그 설희 또한 나와 운명이 같은 사람임을 알게 되었어요. 기이한 일이에요. 내가 당신보다 나이가 많을지도 모르지만, 이제부터 당신을 언니라고 부르겠어요. 당신은 나를 설희라고 불러주세요. 정말, 정말 나는 설희라고 이름을 고치겠어요."

하며, 그녀는 무슨 설움이 가득 차오르는 듯 내 어깨 위에 이마를 비벼 대었다.

나는 온몸에 소름이 돋아 묵묵히 서 있었다. 그런데 문득, 그 여인이 설희처럼 생각되었다. 그래서 얼른 그 생각을 물리치려고 안전지대 위로 옮겨 섰다. 그러나 그녀는 무엇에 취한 듯 내 곁으로 자꾸 다가서며,

"미스 화잇(白)! 아니, 언니! 우리가 이렇게 서 있는 동안 눈이 자꾸 내

려서 우리가 눈 가운데 폭 파묻혀 버렸으면…….”

하고, 커다란 눈을 반짝였다.

우리는 함께 웃었다. 그리고 옷 위에 쌓인 눈을 서로 바라보았다.

가로등을 향해 펄펄 날리는 눈발이 마치 우리를 눈 속에 파묻으려는 듯싶었다. 이윽고 함께 걷기 시작하였을 때 나의 가슴은 이국 정서로 가득해지며, 남의 나라를 방랑하는 듯 노스탤지어의 마음으로 자못 설레었다.

* 〈눈 오던 그날 밤〉이란 제목으로도 알려져 있지만, 이는 잡지사에서 작가에게 원고 청탁을 할 때 주어진 주제일 뿐 제목과는 거리가 멀다.

#06

설천야(雪天夜)의 대동강 반(畔)

— 임 화, 1936년 11월《조광》

그날 밤은 무서운 밤이었다. 일찍이 그렇게 춥고, 그렇게 어둡고, 그렇게 무서운 생각의 협의 아래 하룻밤을 지내본 경험은 내 짧은 생애에 가져 본 적이 없다.

그날 밤은 사람이 죽은 밤이었다. 내가 몹시 아끼는 벗의 사랑하는 부인이 죽은 밤이었다. 그 죽은 사람이 여자라는 것, 더구나 젊은 여자였다는 사실이 더 많이 그 밤을 두렵게 했는지도 모른다. 하여간, 밤이라는 것은 죽음과 깊은 인연을 가진 세계인 것을 나는 언제든지 느끼고 있다. 밤의 이 어둠이란 밝은 데서 평가되는 모든 가치를 불문에 부치고 무시해 버리는 횡포(橫暴, 제멋대로 굴며 몹시 난폭함)한 성질로 보아 죽음과 비슷한 점이 있다.

벌써 사 년이 되었지만, 전보 한 장을 받은 후 기차를 타고 이튿날 새벽

평양역에 내려 N을 찾아 문을 두드리던 기억이 아직도 내 마음을 아프게 한다. N은 벌써 그 전날 임신한 부인을 땅속에 묻고, 부인이 살아서 자던 방에 누워 있었다. 그 한 칸 방의 수선한 광경은 더욱 N을 눈물겹게 했다. 엊그제까지 부인이 자던 그 구들 위에 누운 벗의 마음을 나는 연상하기 싫었다.

그 N에게 술을 먹여 시름을 잊게 한다는 것처럼 어리석은 일은 세상에 없을 것이다. N은 술을 좋아했다. 그래서 부인이 살아 있을 때 가끔 다투기도 했던 모양이다.

그날 밤, 나는 N의 선량한 벗들이 그를 주석(酒席, 술자리)으로 청한 어리석은 자리에 동행했다. 거의 아는 사람들이고, 또 N과 같이 동경에 머물렀던 선량한 벗 H도 있었다. 모두 술을 먹고, 잡담하고, 숫기 좋은 친구는 노래까지 부르며, 어리석은 회항(廻航, 여러 곳에 들르면서 운항함. 또는 그런 운항)은 끝이 났다.

요정을 나온 나와 N, H 셋이 대동강가로 나왔다. 어둡고 찬 눈발이 우리의 눈으로 숨어들어 따뜻한 눈물이 되었다. 이런 때의 밤을 나는 좋아한다. 하지만 몇 걸음도 못 가서 우리는 사시나무 떨 듯해야 했다. 바람은 점점 맵고, 강해졌고, 강 위의 얼음은 마목(갈기. 말이나 사자 따위의 목덜미에 난 긴 털)같이 뻗쳤다. 더욱이 눈으로 꽉 찬 시커먼 하늘은 마치 죽음과도 같이 생각되었다. 육신의 전율이 바로 이 공포를 반영하고 있었다.

H는 돌아갔다. N과 둘이서 한참을 말없이 걸었다. 그러나 그는 '돌아

가라'는 제의를 하지 않았다. 나 또한 그에게 '어서 그 방으로 돌아가라'고 차마 권할 수 없었다.

얼마 후 나는 눈 덮인 대동문 각(閣, 크고 높다랗게 지은 집)이 얼마나 무서웠던지 어깨로 '쫍—' 하고 몸서리를 쳤다. 서울 남대문이나 동대문 같은 육지의 성문과 달리 아랫도리가 짧고 윗도리가 긴 수문은 마치 도깨비 같았다.

N은 내게 추운지 물었다. 나는 간단히 부정했다.

N은 별안간 우리 문학 운동의 정책상 문제를 화제로 끌어냈다. 그와 나는 그전에도 늘 이런 이야기를 해왔다. N은 출옥한 지 일 년도 안 되는 우리의 충실한 비평가이자 우수한 작가였다. 하지만 그의 말이 내 마음에 곧이곧대로 들어오지만은 않았다. 도리어 우리는 죽음에 관해 이야기했다. 역시 그것이 진정한 화제였다.

"죽음이란 생각하는 것의 정지, 영원한 정지일 게지?"

N이 묻는다.

"오히려 일체로 감각하는 것을 그만두는 게다."

나와 그는 똑같은 문답을 했다. 그러나 결국 죽음은 죽는 인간만이 아는 것이다. 이내 우리 둘은 조용해졌다. 그러나 곧 급작스레 죽음과 같은 어둠이, 바람이 아니라 어둠이 '휙'하고 우리를 향해 불어왔다. 뼛속까지 얼고 내장의 가장 조그만 부분까지 떨렸다. 어느 결에 둘의 어깨가 꼭 한데 닿았다. 나는 깜짝 놀랐다. 나는 나의 육체 일부분이 누군가에게 잇고 닿는 것을 극도로 싫어하는 기질이었기 때문이다. 그러나 나는 N에게서 몸을 뗄 수가 없었다.

바람은 자꾸 불고, 눈은 펑펑 쏟아졌다. 이따금 대동강의 얼음 트는 소리가 '쩡쩡'한다. 그 밑에는 꼭 지옥의 무서운 세계가 들여다보일 듯했다. 이것이 바로 풍광의 명미(明媚, 경치가 맑고 아름다움)함을 자랑하는 대동강 반(畔, 강가 혹은 강녘)임을 생각할 때, 나는 곧 그 밤에 모란봉 부벽루를 보고 싶었다.

이수일과 심순애의 고시(高時)!

그러나 겨울이나 밤은 죽음보다는, 더구나 지극히 사랑하는 사람의 죽음보다는 덜 아프다. 결국, 밤도 새고, 겨울도 가는 것이니깐! 그러나 사랑하는 사람의 죽음은 다시 아침이 되지 않는다. 오직 그는 우리의 머리 가운데서만 산다.

대동강과 나는 인연이 없나 보다. 처음 대한 것이 그 밤이고, 그 뒤에도 내가 그 옆 병원에 누워 여름과 가을을 보내면서 그저 상상 속에서 그려 보았을 뿐이니.

나는 그 강이 이제는 아주 싫다. 마치 죽은 사람처럼 나의 상상 가운데 생활하는 가장 아름다운 강의 하나일 뿐이다.

* 〈설천야(雪天夜)의 대동강 반(畔)〉이란 제목은 '눈 내리는 밤 대동강가에 서서'로 풀이할 수 있다.

#07

잊음의 나라로

— 이광수, 1925년 1월《영대》제5호

그대여, 이것은 이 세상에서 그대에게 보내는 나의 마지막 편지요, 또 마지막 쓰는 글이다. 나는 60전을 손에 들고 안동현(만주에 있는 지명) 어떤 객줏집 문을 나섰다. 추운 대설(大雪) 바람이 재와 같은 안동현 먼지를 날려다가 초췌한 내 얼굴에 뿌린다. 청인(淸人, 청나라 사람. 즉, 중국인)의 삐걱삐걱하는 외바퀴 수레 소리가 심히 슬펐다.

어찌 안 그럴 수 있으랴. 비록 내가 원해서 떠나는 무전여행이라고 해도 겨우 60전밖에 안 되는 돈을 가지고 이 추운 겨울에 만 리 타국의 방향 없는 길을 떠나는, 인제 겨우 스무 살밖에 안 된 청년의 마음이 어찌 슬프지 않으랴.

'무전여행!' 게다가 세계를 일주하자는 무전여행! 이것은 족히 기운 있고 공상 넘치는 청년의 마음을, 호기심을 끌 만한 제목이다. 그러나 아무 데까지나 소풍 가는 대로 가다가 가기 싫으면 집에다가 돈 보내라는 전보라도 놓을 그런 사람의 길과는 다르다. 나의 무전여행은 지옥으로 여행하는 대신에 하는 것이다.

이제 내게는 아무 희망이 없다. 어린 가슴에 오래 두고 그리던 꿈도 그 사건으로 인해 아주 깨져버리고 말았다. 내게 남은 것이라고는 오직 신경 쇠약에 걸린 텅텅 빈 몸뚱이 하나뿐이다. 만일 내게 재산이 있었다면, 오막살이 초가집 한 채라도 있었다면, 나는 그것을 팔아 아마 술이라도 사 먹고 방탕한 생활을 하였을 것이다. 그러나 내게 그런 것도 없었다. 나는 우연히 생긴 돈 2원 50전을 들고, '에라, 지옥으로 가는 대신 차라리 조선을 떠나 멀리멀리 모르는 나라로 가자'며, 우선 안동현으로 가는 차를 잡아탄 것이다. 그러므로 나는 조선을 떠날 때 아까운 것이나 섭섭한 것은 단 하나도 없었다. 시원한 마음이 있을 뿐. 나를 그리워하거나 아까워해 줄 사람도 없고, 또 내가 그리워할 사람도 없다.

"아아, 조선아! 조선에 있는 모든 사람아! 모든 물건아! 하나도 남지 않고 죄다 내 기억에서 사라져 버려라!"

나는 누렇고 핏기 없는 낯을 찌그리며 압록강을 건너다보면서 이렇게 부르짖었다. 그런데 아뿔싸! 단 하나, 잊히지 않는 것이 있었다. 그것은 내가 만 이 년 동안 가르치던 아이들이었다. 진실로 나는 그들을 애인 겸, 친구 겸, 동생 겸, 아들 겸 사랑하였었다. 그들이 아니었던들 나는 벌써 어딘가로 사라져 버리고 말았을 것이다.

그날 나는 2원 50전을 들고 수업 시간이 끝나기를 기다려 산책하러 가는 척하고 학교를 빠져나왔다. 그리고 고갯마루에 우두커니 서서 학교 운동장에서 노는 아이들을 바라보았다. 순간, 마음이 울컥해 울지 않을 수 없었다. 그래도 이 년의 교사 생활이 내가 세상에 나와서 해본 유일한 사회생활의 경험이었다. 그러나 이제 이를 마지막으로 모르는 나라로 떠나야 한다고 생각하니, 나 스스로 나를 조상(弔喪, 남의 죽음에 대해 슬퍼하는 뜻을 드러내어 상주를 위문함)하는 듯해서 서럽기 그지없었다. 특히 가슴 속에 사랑이란 이름을 가지고 처음이자, 마지막으로 들어왔던 몇몇 학생을 내어버리고 달아난다는 게 못내 서글펐다. 그러나 마냥 이러고만 있을 수는 없었다.

"나는 모른다!"

나는 정거장을 향해 무작정 달아났다. 그리고 그날 밤, 안동현에 다다라서 어느 주막에서 잠을 잔 후, 밥 두 상 값을 치르고 나자 남는 것이 겨우 65전이었다. 이걸 가지고 봉천 방향으로 갈 수 있는 데까지의 차표를 살 것이다. 그리고 거기서 내려 발이 가는 대로 갈 것이다. 가다가 날이 저물면 자고, 밤이 새면 또 갈 것이다. 이리하여, 나는 어디로 갈꼬. 우선, 북지나(北支那, 중국 북부지방)를 지나서 하남으로 내려가자.

첫째, 추위를 피하려면 남으로, 남으로 가자. 그리고 안남(安南, 베트남)으로, 섬라(暹羅, '태국'의 음역어)로, 면전(緬甸, '미얀마'의 음역어)으로, 인도를 거치어서 파사(波斯, '페르시아'의 음역어), 아라비아를 지나 아프리카로 들어가자. 그러노라면 아마 십 년 또는 이십 년은 지날 것이다. 그 전에 어디서 죽으면 여행은 끝나는 것이요, 아프리카에 들어가서 야만(野蠻, 미개하여 문화 수준이 낮은 상태. 또는 그런 종족)들을 구경한 뒤에도 아직 생명이 남거든, 그 후일은 그 후에 또 생각할 것이다.

이것이 어제 밤새도록 주막집 그 추운 방에서 한잠도 못 자면서 궁리해낸 것이다.

"어디 정거장으로 나가 보자. 나가서 60전이면 어디까지 갈 수 있는 표를 살 수 있는지 알아보자!"

나는 길을 나섰다. 한 걸음 두 걸음, 나는 정거장을 향해 발걸음을 옮기었다. 여기서부터는 모두 새 땅이요, 새 사람이다. 말조차 새로 듣는 외국말이다. 나는 오늘부터 벙어리가 된다. 내가 무엇을 바라고 그 나라 말을 배우랴. 또 그것을 배우고자 한들 배울 시간이나 있으랴. 한곳에 이틀도 머물지 말자. 그러다가 그 땅에 정이 들라. 그러다가 또 아는 사람이 생기고, 또 얕은 정이라도 드는 사람이 생길라. 사람에게 정이 드는 것보다는 차라리 죽는 것이 낫다. 날마다 새 땅을 찾고, 날마다 새 사람을 만나서 영원히 아는 사람이 없도록 하자.

혹은 지극히 귀중한 기억을 품어 그 기억을 잃지 않기 위해서 나와 같은 방침(方針, 앞으로 일을 치러 나갈 방향과 계획)을 취하기도 할 것이다. 지극히 사랑하던 이가 죽으면 그 정답고 귀한 기억이 흩어질까 봐, 더는 새로운 기억을 집어넣지 않기 위해서, 혹은 산에 숨거나, 혹은 섬에 숨거나, 혹은 죽어서 무덤 속에 숨는다면, 그것이 얼마나 아름다운 일일까. 만일 산에 숨으면 그 산에 정이 들 것이 무섭고, 섬에 숨으면 그 섬에 정이 들 것이 무섭다 하여, 나처럼 날마다 쓸쓸한 새 땅을 찾고, 날마다 낯선 사람을 찾는다면 그것 역시 기쁜 일일 것이다. 그러나 나의 길은 그런 길도 아니다!

또 우리가 생명을 붙이고 살 이 지구를 조금도 남겨 놓지 말고 샅샅이 뒤져보자. 거기에는 어떻게 생긴 산이 있으며, 또 어떻게 생긴 시내와 강이 있고, 그 속에는 어떤 풀과 나무, 어떤 꽃과 잎이 피고, 어떤 열매가 맺히며, 그 사이로는 어떤 새와 짐승이 울고 뛰어다니고 날아다니며, 얼마나 기괴하게 생긴 바위가 있고, 그 밑에는 또 얼마나 아름다운 버섯이 돋았는지, 어떤 민족이 살다가 남겨둔 유적이 있는지, 그것을 보러 나와 같은 일을 떠난다고 해도 얼마나 재미있는 일일까. 그러나 내 길은 그런 길도 아니다.

또 만일 사람을 사랑하는 사람이 전 세계 사람 사는 곳이란 하나도 빼놓지 않고 아무리 깊은 산골짜기나 아무리 멀리 떨어진 섬까지라도, 대궐 속이나, 거지의 굴까지라도, 죽은 지 얼마 되지 않아 아직도 생기가 남아 있을 만한 무덤 속까지라도, 곧 해산할 사람이 있다면 거기서 밤을 새워가며 새 사람이 나오기를 기다리면서라도, 내 목숨이 다하는 날까지 사람이란 사람을 모조리 구경해보자. 어여쁘게 생긴 사람, 밉게 생긴 사람, 하얀사람, 까만사람, 불그스름한 사람, 키 큰 사람, 키 작은 사람, 눈에도 가지각색 눈, 코에도 가지각색 코, 손에도 가지각색 손, 웃음에도 가지각색 웃음, 목소리에도 가지각색 목소리, 몸맵시, 걸음걸이도 가지각색, 마음 쓰는 데도 순한 사람, 독한 사람, 시원시원한 사람, 까부는 사람, 재빠른 사람, 정다운 사람, 얌전한 사람, 밉살스런 사람, 간사한 사람, 헤식은(맺고 끊는 데가 없이 싱거움) 사람, 가지각색 마음 쓰는 사람, 그중에 믿을 만한 사람, 못 믿을 만한 사람, 그중에도 사랑을 변심한 채 팩 돌아서 달아나는 사람은 얼마나 되며, 사랑을 위해 끝끝내 견디는 사람은 얼마나 되나—.

이런 것을 보기 위해 떠나는 길이라면 얼마나 기쁠까, 재미있을까. 그러나 내 길은 그런 길도 아니다! 그러면 내 길은 무슨 길인가. 나는 무엇을 위해 이 길을 떠나는 것이며, 무엇을 찾으려고 이 길을 떠나는 것인가?

지금 내 손에 든 65전에는 땀이 묻어서 끈적끈적하다.

그대여! 굳이 내게 그 말을 하라고 조르지 마라! 애써 그 슬픔을 잊고자 떠나는 내게 왜 그 지긋지긋한 말을 해서, 세월 때문에 보지 못하던, 다른 나라 풍물 덕택에, 어젯밤 잠도 잘 자지 못한 덕택에, 청인의 캐수이 끓이는 소리와 외바퀴 수레의 삐걱거리는 소리 덕택에, 송장 태운 재와 같이 시커먼 만주 먼지를 함부로 몰아오는 동지 가까운 찬바람 덕택에 조금이라도 희미하게 잊어버린 서러운 말을 또 하라고 하느냐.

다만, 이렇게만 알라! 나는 잊어버리기 위해서, 오직 모든 것을 잊어버리기 위해서, 그리하여 다시는 다시는 아주 기억도 하지 않기 위해서, 특별히 산과 나물과 짐승과 벌레와 이 세상에 어떤 물건이건 다시는 정들지 않기 위해서 잊음의 나라, 허무의 나라를 찾아가는 것이라고. 오직, 이렇게만 알라.

더구나 그와 같이 자라고, 그와 같이 보던 조선 산천을 어찌 차마 보랴. 조선의 하늘인들 어찌 차마 보며, 조선에서 불어오는 바람인들 어찌 차마 맞으랴. 그럴 때마다 내 가슴은 아플 것을, 나의 창자는 끊어질 것을, 나의 영혼에는 분노와 원한의 불이 탈 것을!

나는 압록강을 건너서 조선과 외면한 고개를 영원히 돌리지 않을 것이다. 불신한 사람을 낳고 기른 조선을 향해 나는 결코 고개를 돌리지 않을 것이다. 만일 우연이라도 내 고개가 조선이 있는 방향으로 돌아간다면 그 모가지를 찍어 버리기 위해 날카로운 칼 하나를 항상 몸에 지닐 것이다. 또 만일 무지한 꿈이 나를 이끌어 비록 일순간이라도 조선 땅을 다시 밟게 한다면……. 아아, 어찌할까, 나는 어찌할까. 그 '무신(無信)한 사람'의 동포인 조선 사람을 다시 본다면, 아아, 어찌할까, 나는 어찌할까. 그대여, 부디 나를 위해 영원히 꿈도 없으리라고 빌어다오.

차가 떠났다. 60전짜리 표를 가진 나의 차는 떠났다. 사하진(沙河鎭, 중국 안동현에 있는 지명) 과오룡매를 지나 한 시간쯤 가면 이 차는 나를 어느 곳에 내던져줄 것이다. 그것이 산인지, 들인지는 나도 모른다. 거기서부터 나는 갈 것이다. 조선을 뒤로하고 가고 또 갈 것이다. 가고, 가고 또 갈 것이다.

그대여, 잘 있어라! 행복할 수 있거든 행복하게 잘 살지어다! 그리고, 부디 나를 잊어버릴지어다. 행여 사람 모인 곳에서 내 말을 해 무신한 자의 동포인 조선 사람의 마음속에 내 기억을 일으키지는 말지어다.

아아, 만일 그대가 나를 따라 이십여 리를 와 주지 않았던들, 만일 그대가 그 강가에서 나를 붙들고 울어주지 않았던들, 만일 그대가,

"이 사람아, 나는 자네의 친구일세. 영원히 자네를 사랑하고 자네를 믿

는 친구일세."

하고, 나를 껴안아주지 않았던들, 만일 그대가 객지에 오직 하나뿐인 그대의 담요를 들고 와서,

"자, 이거라도 덮고 자게."

하며, 그것을 주지 않았던들, 아아, 그대가 그런 일을 하지만 않았던들, 나는 이 글을 쓸 필요도 없었을 것을— 이렇게 뒤에서 무엇이 끓는 듯한 설움도 없었을 것을!

그러나 그대여, 만일 그대가 나를 사랑하거든 내가 사랑하던 저 어린 것들을 잘 가르쳐다오. 그것들이 불신한 것은 되지 말게 해다오. 행여, 그것들이 자라서 새 종자를 펴주기나 할까?

그대의 담요는 나의 유일한 재산으로 내가 가는 곳까지, 어디까지나 가지고 가련다.

잘 있으라, 나의 마지막 인사를 받으라.

#08

눈 오는 거리

— 방정환, 1926년 12월《어린이》4권 11호

눈! 우리들의 동무, 하얀 눈이 올 때가 되었습니다.

눈은 쏟아질 때도 좋고 쏟아진 후도 좋습니다. 함박 같은 눈이 펄펄 날려 내리는 것을 내다보고 앉아 있으면, 마치 곱고 재미있는 다정한 이야기를 고요히 듣고 있는 것 같고, 나중에는 자기도 그 이야기 속에 나오는 사람이 되고 싶어집니다. 그래서 나는 공연히 밖으로 나가서 눈을 맞으면서 걷습니다.

눈 오는 날은 마음이 고와집니다. 먼 데 있는 사람이 그리워집니다.

아무라도 껴안고 싶게 다정해지는 눈 오는 날, 퍼붓는 눈 속에 저무는 거리를 혼자서 걸어가는 재미! 아아, 나는 어릴 때부터 얼마나 눈 쏟아지는 북국의 거리를 그리워하며 컸는지 모릅니다.

#09

/

겨울과 연말

— 방정환, 1928년 12월《어린이》6권 7호

은행잎이 황금 비늘처럼 내리 덮인 뜰에는 아침마다 찬 서리가 하얗게 내리고, 살얼음 잡힌 강물 위로 쌀쌀한 저녁 바람이 스쳐 지날 때마다 그윽한 숲속에서 까치가 구슬피 울부짖습니다. 잎 떨린 감나무 가지마다 새빨간 감이 대롱대롱 매달리어 머지않은 운명을 슬퍼하는 듯하고, 기러기 울고 지나는 쓸쓸한 달밤에 오동잎이 하나씩 둘씩 떨어집니다.

벌써 첫눈이 내렸습니다. 더 높은 국화꽃의 희미한 향내가 하늘 끝까지 사뭇 찼습니다. 이리하여 겨울이 오고, 올해가 또 저물기 시작하였습니다.

우리는 봄의 새싹과 같이 우쭐우쭐 커 가는 사람, 자라는 사람이거니, 살을 에일 듯이 추운 날에도, 펄펄 내리는 눈 속에서도 씩씩하게 뛰어놀며, 춤추고, 운동하는 가장 용감한 사람이 되어야 합니다.

겨울이라고 해서 방 안에만 들어앉아 있어서는 안 됩니다. 해가 있을 동안은 반드시 밖에 나가서 추위와 싸워 견디는 힘과 대항하는 힘, 싸워 이기는 힘을 길러야 하고, 기나긴 밤에는 손이 부르트도록 부지런히 일하고, 책상머리에 앉아 열심히 공부하고, 독서에 재미를 붙여 속으로나 겉으로나 똑같은 힘을 길러야 합니다.

다른 동물들은 모두 땅 속과 깃(보금자리 또는 소굴) 속에 숨고, 모든 식물은 죽은 모양으로 있되, 우리 조선 소년은 다른 때보다도 겨울에 더 몸이 빙산같이 튼튼히 자라나고, 마음이 눈같이 깨끗이 커 나며, 아는 것이 많아져야 합니다. 그리하여 한 해 두 해 겨울과 연말을 보낼 때마다 새 봄의 나라를 세울 일꾼으로서의 있어야 할 것들을 길러야 할 것입니다. 이것이 영원히 봄 나라를 우리의 것이 되게 하는 한 길이며, 해마다 겨울과 연말을 맞는 우리가 반드시 깨닫고 깊이 느껴야 할 생각입니다.

#10

/

연하장 쓰는 법

— 방정환, 1929년 12월《어린이》7권 9호

연하장은 일 년 중에 잘못된 것을 사하고(지은 죄나 허물을 용서함), 새해에는 더욱더 잘 지내자는 인사로 하는 것이므로 따뜻한 맛이 있어야 합니다.

보통 연하장으로는 엽서를 쓰지만, 친한 동무끼리는 손수 그린 그림이나 손수 지은 글을 쓴 그림엽서, 혹은 봉투로 하는 것이 피차 공경하는 뜻으로나 친근함에 있어서 좋습니다. 그리고 연하장은 될 수 있는 대로 빨리 보내는 것이 좋으니, 반드시 1월 1일에 받을 수 있게 하는 것이 가장 좋습니다. 1월도 벌써 20일이 지나갔는데 연하장을 보내거나 받는다면 우습지 않겠습니까?

또 한 가지! 연하장에 쓰는 말에 대해서 근하신년이니, 공하신년이니, 뭐니 하고 흔히 씁니다만, 이것은 너무 어렵고, 또 점잖으며, 한갓 형식에 지나지 않는 것이라 따뜻한 맛이 떨어집니다. 그러니 아래와 비슷한 투로 쓰는 것이 좋을 것 같습니다.

삼가 새해를 축하합니다. 건강하게 묵은해를 보내고 새해를 맞으셨다니 기쁜 마음 금할 수 없습니다. 새해 복을 기원합니다.

새해 다복하기를 바랍니다. 새로 걸어 놓은 일력에 한 장이라도 후회함이 없는 생활을 해 나가시길 바랍니다.

신년을 축하하며, 올해는 한층 더 친밀하게 참된 길을 걸어 나갑시다.

여하튼, 연하장에는 따뜻한 정이 흐르는 말을 쓰는 것이 좋습니다.

#11

없는 이의 행복

— 방정환, 1930년 1월 《학생》 신년 권두언

해가 솟는다. 사람들이 가리켜 새해라고 하는 아침, 해가 솟는다. 금선, 은선을 화살같이 쏘면서 바뀐 해 첫날의 해가 솟는다.

누리에 덮인 어둠을 서쪽으로 밀어제치면서 새로운 생명의 새해는 솟는다. 오오, 새해다! 새 아침이다! 우리의 새 아침이다. 어둠 속에 갇힌 만상 모든 것을 구해내어 새로운 광명 속에 소생케 하는 것이 아침 해이니, 계림 강산에 찬연히 비쳐 오는 신년 제일의 광명을 맞이할 때 누구라 젊은 가슴의 뛰놂을 금할 자이냐!

새해의 기쁨은 오직 아침 햇살과 같이 씩씩한 용기를 가진 사람만의 것이니, 만 근, 천만 근의 무게 밑에서도 오히려 절망의 줄을 넘어서려는 이만이, 만 가지 천만 가지의 설움 속에서도 오히려 앞을 향해 내딛는 사람만이, 새 생활을 차지할 수 있는 까닭이다.

용기다. 용기 있는 그만큼밖에 기쁨은 더 오지 않는 것이다. 용기다. 아침 햇살같이 내뻗을 줄만 아는 용기다.

네가 부잣집 자식이라서 돈이 있느냐? 양반집 자식이라서 세력이 있느냐? 태평한 사회에 태어나서 정해진 업이 있느냐? 무엇에 마음이 끌려서 용기를 못 낼 것이냐? 아무것도 없는 사람의 힘은 여기서 나는 것이니, 어떤 용기를 내는 데도 꺼릴 것이 없고, 어떤 용기를 내도 아까울 것이 없으며 밑질 것 역시 없지 않느냐?

없는 이의 행복은 여기에 있는 것이다. 한없는 용기 밖에 내놓을 것 없는 데에 있는 것이다. 부자가 돈 쓰듯 용기를 내기에 거침없는 데에 있는 것이다.

용기다. 용기로 맞이할 우리의 새해다. 아침 햇살보다도 더 씩씩한 용기를 내자! 어두운 구름을 밀쳐낼 용기를 가지자!

아아, 해가 솟는다. 우리의 새해가 솟는다.

#12

설야산책(雪夜散策)

— 노천명, 1941년《매일신보》

저녁을 먹고 나니 펏뜩펏뜩 눈발이 날린다. 나는 갑자기 나가고 싶은 유혹에 눌린다. 목도리를 머리까지 푹 눌러 쓰고 기어이 나서고야 말았다. 나는 이 밤에 뉘 집을 찾고 싶지는 않다. 어느 친구를 만나고 싶지도 않다. 그저 이 눈을 맞으며 한없이 걷는 것이 오직 내게 필요한 휴식일 것 같다. 끝없이 이렇게 눈을 맞으며 걷고 싶다. 이 무슨 저 북유럽 노르웨이에서 잡혀 온 처녀의 향수이랴.

눈이 내리는 밤은 내가 성찬을 받는 밤이다. 눈이 이제 제법 대지를 하얗게 덮었고, 내 신 바닥이 땅 위에 잠깐 미끄럽다. 숱한 사람들이 나를 지나치고, 나 또한 그들을 지나치건만, 내 어인 일로 저 시베리아의 눈 오는 벌판을 혼자 걸어가고 있는 것만 같으냐. 가로등이 휘날리는 눈을 찬란하게 반사할 때마다 나는 목도리를 푹 쓴다. 이제 그만 집으로 돌아가야

겠다고 느끼면서도 내 발길은 좀체 집으로 향하지 않는다.

기차 바퀴 소리가 유난히 크게 들린다. 어디로 향하는 것일까. 우울한 찻간이 머리에 떠오른다. 그 속에 앉았을 형형색색의 인생들 — 기쁨을 안고 가는 자와 슬픔을 받고 가는 자—을 한자리에 태워서 이 밤을 뚫고 달리는 기차. 바로 지난해 정월 어느 날 저녁 의외의 전보를 받고 떠났던 일이, 기어이 슬픈 일을 내 가슴에 새기게 한 일이 생각나며, 밤 기차 소리가 소름 끼치도록 무서워진다.

이따금 눈송이가 뺨을 때린다. 이렇게 조용히 걸어가고 있는 내 맘속에 사라지지 못할 슬픔과 무서운 고독이 몸부림쳐, 거의 내가 견디어 내지 못할 지경인 것을 아무도 모를 것이다. 이리하여, 사람은 영원히 외로운 존재일지도 모른다.

뉘 집인가 불이 환히 켜진 창 안에선 다듬이 소리가 새어 나온다. 어느 여인의 아름다운 정이 여기도 흐르고 있음을 본다. 고운 정을 베풀려고 옷을 다듬는 여인이 있고, 이 밤에 딱다기(통행금지가 있던 시절 야경꾼들이 들고 다니던 나무토막. 두 개를 치면 '딱' 소리가 난다고 해서 나온 이름)를 치며 순찰을 돌아주는 이가 있는 한, 나도 아름다운 마음으로 돌아가야 할 것이다.

머리에 눈을 허옇게 쓴 채, 고단한 나그네처럼 나는 조용한 내 집 문을 두드렸다. 눈이 내리는 성스러운 밤을 위해 모든 것은 깨끗하고 조용하다. 꽃 한 송이 없는 방 안에 내가 그림자같이 들어옴이 상장(喪章, 상중임을 알리기 위해 옷깃이나 소매 따위에 다는 표)처럼 슬프구나.

창밖에선 여전히 눈이 싸르르 내리고 있다. 저 적막한 거리거리에 내가 버리고 온 발자국들이 흰 눈으로 덮여 없어질 것을 생각하며, 나는 가만히 누웠다. 회색과 분홍빛으로 된 천장을 격해놓고, 이 밤에 쥐는 나무를 깎고, 나는 가슴을 깎는다.

#13

눈 오는 밤

— 노천명, 1939년 2월《박문》

눈이 와서 실로 좋은 밤이다. 이렇게 소리 없이 눈이 자꾸 내리는 저녁에는 좋은 친구를 찾아가 좋은 얘기를 나누다가 눈길을 걸어 늦게 집으로 돌아가고 싶은 밤이 아닌가. 그러나 눈이 내려 좋은 밤에 나는 좋은 얘기를 갖추지 못해 이 저녁이 거미처럼 구성지구나!

어둠 속에 핀 눈이 퍼뜩퍼뜩 유리창에 부딪히고는 소리 없이 녹아내린다.

눈은 확실히 비보다 좋다. 눈보라가 치는 것을 보면 나는 그 함박눈을 맞으며 머언 길을 떠나고 싶은 충동을 느낀다.

내가 이 세상을 떠나는 날도 장미나 백합으로 장식해주는 대신 눈을 맞으며 가는 호사를 누렸으면 싶다.

나는 지금 무슨 책을 읽는 것도 아니요, 그렇다고 깊은 생각에 잠겨 있는 것도 아니다. 때로는 이렇게 무심한 시간을 가져 보는 것도 좋다.

벽에 걸린 사진이 오늘따라 변덕스럽게 보기가 싫다. 내일 이것을 떼어낼 계획을 한다. 누이를 주겠다고 동경에서 여기까지 가지고 나와 손수 걸어 주고 간 동생의 마음이 새삼스럽게 생각난다.

#14

겨울밤

— 노천명, 1972년 수필집《겨울밤》

겨울 날씨란 눈이 좀 내려야 포근한 맛도 있을 법한데, 이렇게 강추위를 당하고 보면 미상불(아닌 게 아니라 과연) 견디어내기가 어려운 것이다. 방장(방문이나 창문에 치거나 두르는 휘장. 흔히 겨울철에 외풍을 막기 위하여 친다)을 쳤는데도 워낙 외풍이 세다 보니, 방 안에 앉아서도 이마가 곧 시려 온다. 그러나 예전의 추위에 비긴다면 아무것도 아닌 셈이다. 한밤중에 어디서 '쨍—' 하는 소리가 나서 무슨 소린가 했다가 아침에 보면 윗목에 놓은 자리끼의 물이 땡땡 언 것을 발견하곤 했었다.

그뿐인가! 학교엘 가보면 정말 발가락이 빠지는 것 같은 추위였다. 길을 가면서 얘기를 하면, 입김이 나와서 굉장하고, 그것이 목에 칭칭 감은 목도리에 고드름이 되어 매달리고, 촌에서 장작을 싣고 들어온 소의 입에서는 여물을 끓이는 가마솥처럼 무럭무럭 김이 나고, 소 턱주가리에는 으레 얼음이 주렁주렁 달려 있었다.

그때는 눈도 많이 왔다. 눈이 묻어 굵다래진 전깃줄을 보면 어린 마음에 그것이 무서운 아침도 있었다.

춥다 춥다 해도 근래에 와서는 한결 덜 추워진 감이 있다. 그것은 사람이 많아진 탓인지, 또는 난방장치가 전에 비해 잘 되어있는 까닭인지, 그 이유야 어디에 있는지 알 수 없어도 덜 추워진 것만은 확실하다. 그러나 해마다 빠짐없이 거리에서 얼어 죽은 노숙자가 생겨난다. 그러고 보면 아직도 추위가 무서운 것은 사실이다.

겨울이 없는 세상은 생각만 해도 퍽 쓸쓸하다. 나는 겨울을 오월 첫여름 못지않게 좋아하는데, 그 이유는 눈이 내리기 때문이다. 눈은 이 땅 위에 흩어진 모든 보기 싫은 것들, 추한 물건을 하얗게 덮어서 우리의 시야를 아름답게 해줄 뿐만 아니라, 마음속의 어지럽고 미운 것들까지도 곱게 덮어주는 것이니, 실로 눈이 오는 날엔 누구에게나 천사가 되어주고 싶다.

사냥꾼은 사냥할 수 있어 눈 오는 것을 좋아한다 치고, 농사꾼들은 보리를 위해 좋아한다는 명백한 이유가 선다지만, 내가 눈 오는 것을 좋아하는 데는 별다른 이유가 없다. 그저 눈이 펑펑 내리면 괜히 좋다. 사무실에서 일하다가도 창밖에 흰나비들 모양 눈발이 날리는 걸 보면 그냥 마음이 흐뭇해지고, 한밤중 싸르륵싸르륵 눈이 내려 쌓이는 소리를 들으면 그냥 잘 수가 없어 불을 켜고 일어나 앉는다. 눈은 내 마음을 이토록 기쁘게 해주는 것이니, 내 좋은 친구가 아닐 수 없다. 친구도 오다가다 마음을 상하게 마련이지만 이 자연에서 오는 친구만은 그런 폐단이 없어 더욱 좋다.

좋은 친구를 만났을 때 왜 바보처럼 좋아지는지 설명할 수 없는 것처럼 나 역시 눈이 오면 왜 마음이 즐거워지고 훈훈해지는지 설명할 수 없다. 그렇기에 나는 여름철 바닷가에 별장을 갖고 싶다는 엉뚱한 생각은 하지 않지만, 겨울이면 가끔 초가지붕을 올린 산장을 서울 주변 어디쯤 하나 가졌으면 하는 생각을 해본다. 여기에 호화로운 생각은 애당초 달 필요조차 없다. 이 산장이란 실로 초가삼간이면 족하다. 하나는 내가 집필할 방이요, 또 하나는 이 산장을 지키고 있다가 내가 가는 날이면 차를 끓여낼 수 있는 늙은이가 거처할 방과 부엌이 있으면 그만이다. 이 정도면 그리 큰 욕망이라고는 할 수 없을 것이다.

몇 시쯤 되었는지 늘 지나가는 찹쌀떡 장수 아이가 지나간다.

"찹쌀떠억~ 메밀묵~"하고 빼는 소리는 곧 골목 어딘가에 얼어붙게 생겼고, 그 빼는 소리에는 오늘따라 찹쌀떡을 사라는 단순한 외침이 아니라 뭔가 호소하는 애절함이 묻어있다.

선달그믐도 가까운 겨울밤이 점점 깊어 가고 있다. 지금쯤 어느 단칸방에서는 어떤 여인이 불이 꺼지려는 질화로에다 연방 삼발이를 다시 놓아 가면서, 오지뚝배기(붉은 진흙으로 만든 질그릇)에 된장찌개를 보글보글 끓여 놓고, 지나가는 발소리마다 귀를 열어 놓고, 사랑하는 사람을 기다리고 있을지도 모른다. 이런 따뜻한 정이 있어, 우리의 얼어붙은 마음을 훈훈하게 녹여주는 한겨울은 춥지 않다.

#15

겨울밤의 이야기

— 노천명, 1972년 수필집《겨울밤》

“좋아하는 눈이 왔어요. 어서 일어나세요.”

할멈이 내 창 앞에 와서 이렇게 지껄이는 소리에 얼른 덧문을 열고 내다보니 눈보라가 날리고 있어 싱겁게 좋아했더니, 저녁부터 날씨가 갑자기 쌀쌀해지고 말았다. 방이 외풍이 세서 어제오늘로 부쩍 병풍이 생각나고 방장 만들 궁리를 한다. 시골집에서 어머니가 쓰시던 낡은 병풍을 가져올까 싶다.

어머니는 그 병풍을 치고 내가 홍역을 할 때 밤을 꼬빡 새며 얼굴에 손이 못 올라가게 지키셨다고 들었다. 지금 그것을 내 방에다 가져다 치고 보면, 내 생각은 전에 어머니와 아버지가 계시던 우리 집으로 돌아갈 수 있을 것이다.

불타산 뾰족한 멧부리들이 둥글게 묻히도록 눈이 와 쌓일 때면, 아버지는 친구들과 곧잘 노루 사냥을 떠나셨다. 그때나 지금이나 몸이 약한 내게 노루 피를 먹이기 위해서였다. 그러는 통에 하루에도 몇 차례씩 사랑에 나가 돈을 달라며 조르던 나는 온종일 아버지에게 다가가지 못하고 숨어서 상노(床奴, 밥상을 나르거나 잔심부름을 하는 어린아이)더러 아버지한테 가서 돈을 받아오라고 울고 매달린 적도 있었다.

나는 어려서 어머니보다는 아버지를 더 따랐다. 술을 못 하시는 아버지가 늘 사랑에 가 조용히 앉아서 골패(납작하게 생긴 노름기구)를 떼시던 것이 지금도 눈에 선하다. 그 골패 섞는 소리가 왜 그렇게 듣기 좋았는지.

이렇게 객지 생활을 하고 나이를 차츰 먹고 보니, 어머니가 계셨더라면 하는 생각이 간절하다. 늦도록 부모를 모실 수 있다는 것은 분명히 행복한 일이다. 그런데 부모를 여의고 나서야 어버이 귀한 줄을 통절히 느낀다는 것은 이 무슨 안타까운 일이랴.

잠이 안 오는 밤이면 동화 같은 옛일이 머릿속에 피어오른다. 겨울밤은 길고, 내 마음은 구성진데, 비를 머금은 날이 밤새도록 기차 바퀴 소리를 들려주면, 실로 나는 어떻게 해야 좋을지를 모른 채 차라 레안더(Zarah Leander, 스웨덴의 가수 겸 여배우)가 〈남녘의 유혹〉에서 느낀 것 같은 향수에 한없이 빠져든다. 이런 시간이란 어찌 보면 청승스럽게도 보이지만, 실은 그 위에 가는 사치가 다시없을지도 모른다.

진실로 잔인하게 나는 이것을 즐긴다. 어떤 다른 환경을 갖는다고 하더라도, 내 가슴에 지니는 향낭(香囊, 향주머니)은 없어도 견딜 수 있지만, 이 '페이소스' 없이는 견디지 못할 것 같다. 실상, 인생에 이 비애가 없다면 심심해서 어떻게 배겨내랴.

언제나 마음 한구석에다 고독을 지니고 다니는 하이칼라는 없는가? 이런 친구를 만난다면 내가 아끼는 신비로운 이 긴 밤을 그 친구와 함께 화롯가에서 얘기를 뿌리며 밝혀도 좋겠다. 낡은 시계 소리를 들으며 나는 이 밤이 한없이 아깝다.

세모단상(歲暮斷想)

노천명, 1972년 수필집《겨울밤》

일전에 어느 잡지사에서 고료를 받아 넣고 돌아다니던 길에 친구를 오래간만에 만났다. 나는 자신 있게 어디 가서 점심을 같이하자고 했다. 그러다가 고른 것이 명동에 있는 모 중국 요정이었다. 들어서니 점심시간이라 사람들이 그득 찼다. 겨우 빈 테이블을 하나 발견하고 친구와 나는 거기에 걸터앉았다.

무심히 음식을 시켜 놓고 더운 차를 마시며 중국 보이들을 바라보고 있다가 잠에서 깨는 듯이 나는 정신이 퍼뜩 드는 것을 느꼈다. 국수 한 대접, 만두 한 그릇을 사는 한이 있더라도 우리 조선집에서 먹지, 왜 중국집의 것을 팔아줘서 남의 주머니를 불려주나 싶었다. 주위를 돌아보니, 모두가 조선 사람들이다. 테이블마다 벌어진 요리는 간단한 점심 정도가 아니라 값비싼 음식들로 너저분하다. 큰 요릿집이 되어서 그런지 손뜰

이 모두 고급이다.

'아차, 잘못했구나!' 이처럼 절실히 느껴지는 것이 근래 들어 두 번째인 것 같다.

얼마 안 되어 우리 상에도 주문한 음식이 날려져 왔다. 그런데 그때 우리 테이블을 스치고 세탁장이가 지나갔다. 가만 보니 세탁할 것을 한 아름 움켜 안고 나가는데 말씨와 모든 것이 중국 사람임이 틀림없었다. 이것을 본 친구는,

"저것 봐요, 저 사람들은 세탁을 줘도 꼭 저이 나라 사람들에게 주거든. 남의 나라 사람의 주머니를 불려주지 않아요. 민족성이 참……"

나는 말없이 고개를 끄덕거렸다. 그리고 요기를 하는 둥 마는 둥 하고 친구와 함께 나와 버렸다.

찬바람이 옷자락을 날린다. 김장 쓰레기를 내다 버린 데서 거지도 아닌 어떤 영감님이 무청을 골라 줍고 있다. 장관들은 정말 한 달이면 서른 날은 자동차만 타고 다닐 것이 아니라, 한 주에 한 번쯤은 골목길을 걸어 다니면서 민생고를 타진하는 좋은 시간을 갖는 것도 좋으리라.

친구를 다방에 두고, 나는 혼자 걸으며 속으로 집 걱정을 또 한다. 어디서 떠들어온 전재민(戰災民, 전쟁으로 재난을 입은 사람)도 아닌데 집 걱정을 해야 한다는 것은 내가 못난 소치밖에 아무것도 아닐 것이다. 분명 그렇다. 적산(敵產, 자기 나라나 점령지 안에 있는 적국의 재산) 가옥을 얻고도 사업을 해서 어마어마한 건물을 소유하고 있는 친구들도 있거늘, 해방 후 나는 무엇을 했나. 내 시의 세계에 다른 불순한 것이 들어오지

못하게 지킨 것밖엔 실로 아무것도 없다. 억세게 밀치고 짓밟고 하는 틈에 섞일 흥미가 나지 않았다. 그렇다고 문을 꼭 닫고 남이 신음하는 것을 못 듣거나 짓밟히는 것을 안 보고 혼자 평온한 심경에 있었던 것도 아니다. 그 신음은 바로 내 소리였는지도 모른다.

저물어가는 거리에서 오늘도 나는 우울한 군상 틈에 섞여 말없이 걷는다.

* 세모(歲暮) - 세밑. 즉, 한 해가 끝날 무렵.

#17

어느 일요일

— 노천명, 1954년 수필집《나의 생활백서》

일요일은 아침 미사에 다녀온 후 대개 집에서 쉬는 것이 요즘 내 생활의 일단(一端, 한 부분)이다. 친구와 만나는 것도 이마적(지나간 얼마 동안의 가까운 때) 같아서는 족히 후련하거나 즐거운 일이 못 되고, 오직 신경의 피로뿐이요, 그렇다고 영화를 복잡한 일요일에 가 볼 맛은 더구나 없고, 한 주일에 하루쯤 집안에 온종일 좀 있어 보는 것도 여러 가지로 좋을 듯했다.

그런데 오늘은 의무적으로 외출을 하게 생겼다. 인자(仁子)와 약속을 했기 때문이다.

"날이 비가 올까 보다."

인자는 부리나케 장독대에 갔다 오더니 산에 구름이 하나도 없다고 했다. 이것은 곧 비가 온다는 얘기였다.

열 한 시가 거의 다 됐을 때 나는 인자를 데리고 나섰다.

인자는 좋아서 앞장서서 싱글벙글 웃으며 나가는 판인데, 문을 나서자마자 가는 비가 내리기 시작했다. 내가 나서다 말고 주춤하고 섰으려니까, 인자가 돌아서며,

"비가 와, 비!"

하고, 떠들어댄다. 그러자 문을 잠그려고 뒤따라 나오던 숙(淑)이가,

"그것 봐, 인자가 재수가 없으려니까, 비가 오지 않나."

하며, 본래 잘 웃는 버릇이 있는 그 애는 깔깔대며 웃어대는 것이었다. 빙그레 웃으며 들어오는 인자를 붙잡아 세우며, 나는 숙이에게 우산을 내오라고 했다.

인자가 좋아하는 모습을 보며, 나는 속으로 비를 맞으면서도 집을 나선 것을 열 번 잘했다고 생각했다. 인자가 학교에서 소풍을 갈 때마다 따라가 주지 못한 것이 미안했고, 그것을 메우기 위해서 좋은 물통을 사주고, 룩작(Ruekssack, 배낭)을 사주는 것이 혹 어린 것의 마음에는 약간 위로가 되었을지도 모르나, 내 마음속의 미안하고 측은한 생각은 이것으로 지워질 수는 없었다. 오늘 이렇게 어딜 데리고 나가주마고 한 것도 실은 그런 속죄에서 오는 것이었다.

덕수궁에는 날이 좋지 않은데도 불구하고 심심치 않을 정도로 사람들이 들어가고 있었다. 나는 인자의 손을 잡고 국화가 진열된 곳으로 먼저 들어갔다.

인자는 국화를 보며 내내 감탄했다. 그러더니 나오면서 한다는 소리가,

"우리 집 것은 문제가 안 되지."

라고 한다. '문제가 안 된다'는 말은 필시 인자가 쓰고 싶었던, 새로 배운 말인 것 같았다. 나는 그 말을 들으며 속으로 웃었다.

우리는 국화 향기를 묻힌 채 바로 석조전 국제 아동 미술 전람회장으로 발을 옮겼다. 인자는 3학년이라서 그런지 3학년 아이들의 그림에만 흥미를 느꼈다. 재미있는 일이었다.

샐러드 빵집에 들른 후 불고깃집에 찾아들었을 때는 어느새 2시경이 되었다. 그런데 들어간다고 들어간 집이 전에 내 친구가 하숙했던 집이었다. 상전벽해(桑田碧海)라는 말이 없잖아 있지만, 어떻게 이처럼 바뀔 수 있을까. 흙 마당이었던 곳이 시멘트 바닥이 되고, 여기는 의자에 앉는 자리가 되고, 방이 셋쯤 있는데, 도대체 어디가 친구가 지내던 방이며, 어디쯤이 주인 여자가 지내던 방인지 짐작조차 되지 않았다. 집이 온통 하늘이 안 보이는 집으로 개조되어 버렸다. 하기는 이렇게 바뀐 것이 내 즐거운 점심을 위해서 좋았는지도 모르겠다.

밖을 나서니 첫겨울 바람이 가슴을 파고드는데, 내 손을 꼭 잡는 인자의 손을 나도 꼭 잡으며 큰길을 건넜다.

#18

눈 내리는 황혼

— 채만식, 1930년 《별건곤》 12월호

잿빛으로 흐린 하늘에서 잔 눈발이 분주히 내린다. 내리는 눈발을 타고 어두운 빛이 소리도 없이 싸여 든다. 다섯 시도 채 안 되었는데—

모두 다 돌아가고 없는 사무실은 태고(太古, 아주 먼 옛날)처럼 고요하다. 등 뒤에 새빨갛게 단 난롯불만은 볼 때마다 매력이 있다…… 꽉 그러안고 싶게.

그래도 눈이 왔노라고 유리창 바로 앞에 서 있는 전나무 바늘잎에 반백로(頒白老)의 머리처럼 눈발이 쌓여 있다.

마당을 건너 판장 울타리 밖으로 두부 장사가 울면서 지나간다.

"두부나 비지 사—"

가는눈 내리는 황혼에 가장 알맞은 구슬픈 소리다.

마당 옆에 잊어버리고 놓아둔 듯이 따로 놓인 생철지붕 굴뚝에서 파르

스름한 연기가 시장스럽게 솟아오른다.

남산은 감감하여 봉우리만 희미하게 내어다 보인다.

기와집에는 고랑만 하얗게 줄이 졌다.

문자 그대로 알몸만 남은 앞마당의 은행나무 가지에 참새가 한 마리…… 단, 한 마리만 오도카니 앉았다. 갈 곳이 없나? 재잘거리지도 아니하고, 새침하게 앉았다가 무엇을 생각하였는지 호르르 날아 건넌 집 지붕 너머로 사라진다. 그래도 참새는 갈 곳이 있는 게지.

눈발이 좀 굵어진다. …… 굵은 놈이 잔 눈발에 섞여 내린다.

황혼은 한 겹 두 겹 더욱 짙어간다.

눈도 더욱 바쁘게 내리고, 난롯불도 더욱 새빨갛게 달아간다. 사람의 마음도 그침 없이 깊이 들어간다.

이 모양, 이 자태가 변함없이 영원으로 이어진다면!

이 '비극의 표정'을 이대로 영원히 두고 보고 싶다.

#19

/

명태

— 채만식, 1943년 1월《신시대》

근일 품귀로, 이하 한갓 전설에 불과한 허물은 필자가 질 바 아니다.

명천 사는 태가가 비로소 잡아 팔았다고 해서 왈, 명태요, 본명은 북어요, 혹 입이 험한 사람은 원산 말뚝이라고도 칭한다.

수구장신(瘦軀長身, 키는 크지만 몸이 마름), 피골이 상접, 한 삼 년 벽곡(辟穀, 곡기를 끊음)이라도 하고 온 친구의 형용(形容, 사람의 생김새나 모습)이다. 배를 가르고 내장을 싹싹 긁어내어 싸리로 목줄띠를 꿰어 쇳소리가 나도록 바싹 말랐다. 눈을 모조리 빼었다. 천하에 이보다 더한 악형도 있을까. 모름지기 명태 신세는 되지 말 일이다.

조선 13도(道) 방방곡곡 명태 없는 곳이 없다. 아무리 궁벽한 산골이라도 구멍가게를 들여다보면 팔다 남은 한두 쾌(북어를 묶어 세는 단위. 한 쾌는 북어 스무 마리)는 있다. 하다못해 몇 마리라도 퀴퀴한 먼지와 더

불어 한구석에 놓여 있다. 이로써 조선 백성이 얼마나 명태를 흔하게 먹는지 미루어 알리라. 그러고 보면 우리 식탁에 오르는 것 중, 명색이 어육(魚肉)이라 칭하는 것 가운데 명태만큼 만만한 것도 없을 것이다. 진수성찬으로 차리는 잔칫상에도 오르고, "쯧, 고기는 해서 뭐해! 명태나 한 마리 사다가……." 하는 쯤의 허술한 손님 대접의 밥상에도 오른다.

사람이 먹고, 산사람 대접만 하는 것이 아니라 경(經) 읽는 경상(經床, 경을 올려놓는 책상)에도 명태 세 마리는 반드시 오르고, 초상집에서 문간에다 차려놓는 사잣밥상에도 짚신 세 켤레와 더불어 명태 세 마리가 반드시 오른다. (그런 걸 보면 귀신도 조선 귀신은 명태를 좋아하는 모양이다.)

어린 아들놈을 처가에 세배 보내면서 떡이야, 고기야 장만하기가 번폐(煩弊, 번거롭고 복잡함)하면, 명태나 한 쾌 사다 괴나리봇짐을 해서 지어 보내기도 하고, 바깥양반이 출입했다가 불시로 들어온 저녁 밥상에, 시아버님 제사 때 쓰려고 벽장 속에 매달아 두었던 명태 두 마리를 아낌없이 꺼내다가 국 끓이는 아낙도 종종 있다.

상갓집 경촉(經燭)에다 명태 한 쾌 얼러(함께) 부조하기도 하고, 섣달 세밑에 듬씬 세찬을 가지고 들어온 소작인에게 한 쾌씩 들려주어 보내는 후덕한 지주도 더러 있다. 그러고 보니 명태란, 요즘 케이크 한 상자, 과일 한 꾸러미 이상으로 이용이 편리한 물건인가 싶다.

망치로 두드린 후 죽죽 찢어서 고추장이나 간장에 찍어 막걸리 안주로는 더는 없는 것이 명태다. 쪼개서 물에 불렸다가 달걀을 씌워 제사상에

괴어놓는 건 전라도 풍속. 서울에서는 선술집에서 흔히 보는바, 찜이 최고 가는 명태 요리일 것이다. 또 잘게 펴서 기름장에 무쳐 놓으면 명태 자반이요, 굵게 찢어서 달걀 풀고 국 끓이면 술국으로도 일미다.

끝으로 군소리 한 마디.

사십 년 전인지, 오십 년 전인지 북미로 이민을 떠난 조선인 두 사람이 하루는 어디서 어떻게 하다가 명태 세 마리가 생겼더란다. 오래 그리던 고토(故土, 고향)의 미각인지라 항용(恒用, 흔히 늘) 생각하기에는 보는 그 즉시 당장 먹어 치웠겠거니 생각하겠지만, 부(否, 아님)! 두 사람은 그것을 놓고 앉아서 보기만 했다고.

#20

/

동면(冬眠)

— 채만식, 1939년 12월 3일《매일신보》

곰은 가을이면 도토리나무엘 올라가서 도토리 열매를 따 먹고, 배야 터지거나 말거나 실컷 따 먹고 또 따 먹고, 그러면서 간간이 한 번씩 땅으로 툭 떨어져 보고 떨어져 보고 한다는 이야기가 있다. 그러다가 마침내 살이 찔대로 쪄서 암만 떨어져도 아픈 줄 모를 정도가 되면, 그제야 굴속으로 깊이 들어가 삼동 내내 발바닥을 핥으면서 그 한겨울을 난다고…… 천하에 미련한 놈이지만, 그것 하나만은 대단히 부러운 재주 같다.

좀이나 좋나.—

봄, 여름, 가을, 이렇게 철 좋은 시절만 살고서 가을이거들랑 도토리 열매나 배불리 따 먹으면서, 가끔 땅 위로 떨어져 보기나 하면서 살을 찌워서는 겨울 한 철일랑 추위 모를 굴속에 가만히 들어앉아 심심풀이로 발바닥이나 핥고…… 그게 인간으로 치면 발바닥을 긁는 요량일 테지……

그러고 나서, 이윽고 봄이 오면 기지개를 불끈 켜면서 다시 기어 나오고…… 참으로 팔자하고는, 곰의 팔자가 천하제일이다.

인간도 (이건 나를 두고 하는 말인데) 어떻게 곰처럼 혹은 또 개구리처럼 아주 입을 봉해버리고서 겨울 한 철을 동면하는 재주를 부리는 재주는 없는지, 엄동의 무서운 발걸음 소리가 차차 가까이 들림에 따라, 요새는 그게 실없이 연구 거리가 되다시피 했다.

신문은 올여름이 몹시 더웠으니, 겨울은 몹시 추우리라는 무시무시한 소리를 연신 해된다. 그렇지 않아도 내게는 세상 무거운 게 겨울이요, 추위인데 말이다.

나는 섬에서 살아 보지 못한 탓에 풍랑의 무서움이 어떤지 모른다. 또한 산중에서 나지 못한 덕에 동물원엘 가면 호랑이가 테리어(개의 품종 중 하나)만큼이나 만만하고 사랑스럽다. 호랑이가 들입다 '어흥!' 소리를 치면서 주홍 같은 입을 벌리고 달려들어 인간을 해하다니, 괜한 거짓말…… 아, 그러거들랑 발길로 콱 걷어차든지 몽둥이로 한 대 갈기면 고만일 것만 같다.

생후 지금껏 병화(兵禍, 전쟁으로 인한 재화)를 겪은 일이 없고, 더구나 근대 전쟁에 있어서 후방의 비전투원에게 가장 전율을 준다는 공습도 천행으로 런던이나 파리의 시민이 아니었기 때문에 경험하지 못했다. 그야 물론 무엇이냐가 범 무서운 줄 모른다는 꼭 그 격이지만, 아무튼지 그래서 지금 생각으로는 천하에 무서운 건 추위요, 겨울이다.

이제부터 시작하여 섣달, 정월, 이월, 그리고 삼월까지는 추위에 몰려

옴짝 못하고서 달달 떨어야 할 이 삼동이, 바라보기만 해도 큰 준령(峻嶺, 높고 가파른 고개)이 앞을 막는 듯 기가 딱 질린다. 그나마 올겨울을 죽는 시늉을 하면서 가까스로 치르고 나면 내년엔 또 내년 겨울이 있고, 내내년엔 내내년 겨울…… 내내 내년엔 내내 내년 겨울…… 아아! 생각할수록 머리가 득득 긁힌다.

평생을 두고 해마다 한 번씩 의무처럼 그 곡경(曲境, 몹시 힘들고 어려운 처지)을 치르느니, 차라리 어디 사시사철 따뜻한 곳으로 도망이라도 가고 싶다. 아니면, 동 · 남 · 서 삼면과 지붕을 자외선 초자(硝子, 유리)로 인 집을 한 채 널찍하게 지어놓고 그 속에서 겨울을 나던지…… 하지만 그도 저도 못할 형편이니, 궁리한다는 게 동면이다. 동면을 안 한다는 건 인류의 지행(至幸, 매우 다행스러움)일지도 모르겠으나, 내게는 아무래도 불행이다.

#21

설 없는 신년…… 기타

— 채만식, 1939년 1월 1일《고려시보》

새해라고 해도 그저 범연하게 해가 또 한 번 바뀌나보다 할 뿐이지 새삼스럽게 무슨 감격이나 감회가 솟거나 하지는 않는다. 아마 생활이며 생활감정이 겨울 날씨처럼 꽁꽁 얼어붙고 풀리지 못하는 소치(所致, 어떤 까닭으로 생긴 일) 때문일지도 모르겠다.

그러나 그것은 그렇다고 하고, 신년이면 누구에게나(가령, 실속이야 있건 없건) 즐거움을 권하는 '설'이요, 해서 어린아이들처럼 마냥 좋아하진 않는다고는 해도, 어느 정도는 '설'을 맞는 흥이 있어야 할 것이다. 그런데 흥은 고사하고, 도무지 시들시들한 게 가난한 동넷집 늙은이의 생일만큼도 관심이 가지 않는 것은 왜일까.

주인 많은 나그네 끼니 간데없다 하고, 또 뱃사공이 여럿이면 배가 산꼭대기로 올라간다고 하거니와 '설'이라는 것도 꼭 하나만 있어야 하는 법인데, 이즈음 우리에게는 양력 '설'이 있고, 다시 음력 '설'이 있어서 그만 '설'의 값이 폭락하고 말았다. 그 결과, 설을 맞는 기분도 아닌 게 아니라 퍽 시시해진 모양이다. 물론 조리(條理, 말이나 글 또는 일이나 행동에서 앞뒤가 들어맞고 체계가 서는 갈피)를 따지고 보면 뻔히 경우 아닌 것이 드러난다.

나는 (나 혼자라는 것이 아니라) 음력 같은 것은 밤의 달이나 짐작하는 데 더러 생각할 뿐, 당연히 양력이 표준이요, 그것은 마치 등잔불 대신에 전등, 말 혹은 교군(轎軍, 가마) 대신에 기차처럼 더욱 편리한, 그리고 없어서는 안 될 생활의 '필수품'으로서의 역이 양력이다. 그러면서도 12월 31일까지 달력이 다 넘어가고 새해 1월 1일이 와도 해가 새로 왔거니 하는 생각은 들지만 '설'이거니 해지진 않는다. 인습(因習, 이전부터 내려오는 습관이나 관습)이 조리를 몰시(沒視)하는 힘이 크다고 할 수밖에. 그러니 완고하다는 폄(貶, 나쁘게 말함)을 받기에 십상이다. 그러면 음력 '설'에 가서는 제법 '설'다운 기분이 나서 흥청망청 '설'을 쉬느냐 하면, 오히려 양력 때보다 더 범연(泛然, 차근차근한 맛이 없이 데면데면함)한 것이 매년 두고 겪는 전례다.

'설' 없는 신년…… 어떻게 생각하면 좀 섭섭하기도 하다. 가령, 그것이 새끼손가락이라도 하나 없는 그런 섭섭함은 아니지만, 식빵과 우유로 조반을 때울 때처럼 넉넉(크기나 수량 따위가 기준에 차고도 남음이 있음) 섭섭하다.

우리는 여러 천 년 그래도 '설'을 즐겨왔다. 나도 이십 전까지는 그게

'설'이야 어떤 '설'이 됐거나 즐겁게 '설'을 쉬곤 했었다. 그러다가 그 뒤로 깜빡 '설' 없는 그해 그해를 맞이하곤 한 지가 어언 15, 6년…… 일에 잠착하느라고 몇 시간 잊어버렸다가 문득 먹고 싶은 생각이 드는 담배처럼 불현듯이 '설'이 쉬어보고 싶어진다.

이번이 송도에서 맞는 세 번째 새해다. 햇수로 쳐서 꼬박 이태(두 해)의 송도 생활은 어디로 보나 후일의 수월찮은 토픽을 장만해주었다. 그중 올해 들어 비로소 머리에 흰털이 돋았다는 것도 조그마한 기념이다. 나이 사십도 채 안 된 이의 백발 타령이 버릇없다고 할지도 모르겠다. 하지만, 이는 실상 백발 타령도, 백발 탄식도, 더구나 백발 자랑도 아니요, 그저 곤충학자가 있을 줄은 알면서도 아직 채취하지 못한 나비 한 마리를 잡은 '상황'이나 조금도 다름없는, 그저 그런 평범한 이야기일 뿐이다. 그리고 빛깔 검고, 숱 많고, 겸하여 새치 한 올 구경하자고 해도 없고 한 머리라서 삼십도 안 되어 새치투성이로 변해 두발이 볼썽없는 민군(閔君)의 머리를 더러 구슬리고 했더니, 이제는 큰소리칠 일도 없어지고 말았다는 이야기도 되고……

민군 말이 나와 문득 든 생각인데…… 그 주걸(酒傑, 주량이 매우 많음)로 놀기 대장이 웬 바람이 불었는지 가게장이가 됐다기에, 어디 어떤가 하고, 하루는 '야다리' 밖으로 나가보았다. 그랬더니 예의 뚱뚱한 몸뚱이를 궁싯거리면서 마침 달구지꾼한테 뭔가를 팔고 있었다. 그 모습이 정말 가관(可觀, 꼴이 볼만하다는 뜻으로, 남의 언행이나 어떤 상태를 비웃는 뜻으로 하는 말)이었다.

나는 인사 대신 농담을 한마디 하고 방으로 들어가 앉았다. 그러자 그가 곧 따라 들어오더니 치부책(置簿冊, 돈이나 물건이 들고 나고 하는 것을 기록하는 책)에다가 곰상스럽게 치부를 하기 시작했다. 그걸 가만히 보고 있자니, 혹시 어디서 빌려온 민병휘(閔丙徽, 민군의 이름)인 것만 같아서 농담 한마디를 건네기에도 전처럼 무심하지 못했다.

비록 잠깐이었지만, 사람이 완고하고(융통성이 없이 올곧고 고집이 셈) 무엇엔가 안정되어 보임은 노상(아주 또는 전혀) 나의 선입감의 소치만은 아닐 것이다.

회로(回路, 돌아오는 길)에 나는 혼자서 감개가 자못 깊었다.

#22

/

살아가는 법

— 홍난파, 1923년 1월 1일《동아일보》

“인생이란 돌아가는 필름과 같아서, 인간의 일생에는 희로애락이 수시로 변하며, 날로 중하네. 인간 사회에 일어나는 온갖 희비극은 이것이 인생의 생활 방법일세. 그러나 비극의 주인공이라고 해서 모두 불행한 자는 아니요, 희극이 계속 이어진다고 해서 모두 행운을 가진 것은 아닐세. 모름지기 ‘질족자선득(疾足者先得, ‘날랜 사람이 목적물을 먼저 차지한다.’는 뜻으로, 어떤 일을 먼저 성취하는 사람을 비유하는 말)’이라는 말처럼 남보다 발 빠르고, 남보다 영리하고, 남보다 힘 쎄고, 남보다 뛰어난 사람이라야만, 자가(自家, 자기 자신)의 생명 안전을 보전하는 것일세. 그러나 인간이라는 우맹(愚盲, 어리석고 무지함)한 동물은 다른 동물이 감히 생각지도 못할 만한 기발하고 열악(劣惡, 품질이나 능력, 시설 따위가 매우 떨어지고 나쁨)한 장난을 하여 귀를 즐겁게 하고, 눈을 기

쁘게 하는 것일세. 이런 기발무류(奇拔無類, 재치가 뛰어나서 견줄 데가 없음)한 현상이 부절히(끊이지 아니하고 계속됨) 계속되는 동안 인생은 쾌락이란 것을 맛보는 것일세. 이것이 문명이고 진보라네. 우습다면 우습기도 하고 어리석다면 어리석기도 하지."

하고, A는 친구들과 만났을 때 이렇게 말한다.

"여보게, 그것은 다시 말할 필요가 무엇인가. 우리 사회라는 것은 본시 일대 경기장일세. 자네 일전에 ○○학교 운동장에서 열린 축구대회에 구경 가지 않았었나. 자네들은 그것을 무엇으로 보았나? 참 기발한 현상일세. 그날은 전날 밤부터 쏟아지던 대설(大雪)로 인해 운동장에 적설이 척(尺, 길이의 단위, 한 척은 30.3cm) 여(餘, '그 수를 넘음'을 나타내는 접미사)에 이르지 않았었나. 아마 일기(日氣, 날씨)도 무던히 추웠지. 그렇건만 다리가 절구통같이 굵고, 키가 9척 장승같이 큰 젊은 애들은 아래 웃통을 벌거벗다시피 한 채 손수 그 눈을 모두 치운 후 동분서주하며 혈안 철각(血眼鐵脚, 쇠같이 튼튼하고 굳센 다리로 기를 쓰고 달려듦)으로 자웅을 겨루는 경기를 시작하데그려.

누구든지 그중 한 사람을 보고 "이게 무슨 어리석은 장난이냐?"고 할 것 같으면, 그는 곧 생사를 결판할 작정으로 달려들었을 것일세. 그네들은 그것을 곧 자기네의 천직이라고 생각하기 때문일세. 그런데 이 무슨 어림없고, 지각없는 짓이란 말인가.

여보게, 그나 그뿐인가. 그 주위에 둘러선 관중들을 좀 생각해보게. 상하 치근(齒根, 잇몸 속에 들어 있는 이의 뿌리)은 발작적으로 경련을 일으켜 아무리 맞붙이려고 해도 맞붙지 않아 떨고, 두 다리는 몹시 얼어맞은 개다리 떨듯이 벌벌 떨면서 두 손을 입에 대고 혹혹 불면서도 오히려 이것을 재미있다고, 유쾌하다고, 용장(勇壯, 용감하고 굳셈)하다고, 사람답다고, 온갖 인위적 찬사를 아낄 줄 모르고 제성(齊聲, 여러 사람이 일제히 소리를 지름)하네그려.

이 무슨 어리석은 짓이란 말인가. 제집에서 제 처자가 꼭 쓸 곳이 있으니 돈을 몇 푼 달라고 하면 눈코를 부릅뜨고 호령호령하면서 말일세. 그런 자들이 이런 구경이라면 수화(水火, 물불)를 헤아리지 않고 달려드네그려. 입장료가 얼마 되든지 간에…… 도무지 인생이란 것처럼 허위의 것은 없어."

하고, 열변을 토하는 이는 A 옆에 앉아 있는 똥똥하고 왜소한 K라는 남자다. 이를 시작으로 C, D, E……가 계속해서 중구난방으로 떠든다. 그러다가 마침내 언권(言權, 발언권)은 C의 차지가 되었다.

"그러니까 일언으로 폐지하면, 인간이란 것은 어떠한 모퉁이에만 — 가장 어리석고, 못생긴 곳에 — 두뇌가 발달한 것이란 말일세. 말하자면 이처럼 기발하고 열악한 현상을 보지 못하고는 적요무비(寂寥無味, 적적하고 고요해서 재미가 없음)함을 깨닫는다는 말이지.

일전에 비행가가 와서 비행을 한다고 온 시중(市中, 도시)이 열갈(熱渴, 더위를 먹어서 정신을 잃고 넘어지는 병증)과 같이 벌컥 뒤떠들지 않았었나? 이것은 축구대회 이상의 익살일세. 비조(飛鳥, 날아다니는 새)가 나는 것을 볼 때는 총을 쏘아 떨어뜨려서 그 악취 나고 비릿비릿한 피와 고기를 삼키는 자들이 비행기라는 불완전하고 자연을 무시하는 마술을 볼 때는 입을 벌리고 혀를 내두르네그려.

조물주가 이 꼴을 본다면 실로 고소(苦笑, 쓴웃음)를 마지아니할 것일세. 만일 공중을 종횡으로 비상(飛翔)하는 조류를 보지 못했던들, 그네들은 비행기의 '비' 자도 생각하지 못했을 것일세. 하지만 비상한 재주를 가진 인간은 머리를 썩혀가며 연구니, 실험이니 등을 거듭하더니, 결국 몇 천 년 만에 비행기라는 괴물을 만들어서 하늘을 머리에 이고 땅속으로 들어갈 듯이 뒤떠드네(왁자하게 마구 떠듦)그려.

그보다도 더 우스운 것이 있지 아니한가. 공중에 솟은 지 불과 8척에 보기 좋게 추락이 되네그려. 그럴 때는 무슨 기체에 고장이 났느니, 무슨 공기의 밀도가 어하니 하고, 죽을 때 죽더라도 그 과실은 자기 이외의 것에 밀어버리네그려.

비조도 날개가 상할 때가 있고, 원숭이도 나무에서 떨어지는 일이 있는 데, 비행기라는 부자연한 인공물 역시 어찌 떨어지지 않겠나. 공기의 밀도가 항상 균등할 줄만 알고, 기체의 발동이 완전무결할 줄만 알았더란 말인가. 문명이 극도에 달하면 그 결과는 이러한 것일세. 문명인들은 언필칭(말할 때마다 반드시) '생명 보전'이라고 하지만 이런 말도 모르던 원시인들은 무병장수만 잘하네.

우맹한 인간은 자기를 자수(自手, 자기 스스로)로 경멸하면서도 오히려 염치없이 '생명 보전'이니, '자가 번영'이니 하고 떠드네그려. 실로 어리석기 짝이 없는 일일세."

벌써 말을 하려고 입을 벙긋벙긋하고 앉아 있던 D는 그제야 기회를 얻어 입을 열었다.

"자네들의 주장은 모두 합리적 고론탁설(高論卓說, 레벨이 높은 논쟁, 뛰어난 의견의 비유. 칭찬하는 말로 사용됨)일세. 그러나 그것은 한낱 공론에 지나지 않는 데야 어찌하나. 이것이 인간의 '살아가는 방법'이 된 이상에야, 또한 인생의 진리라고도 할 수 있지 않은가? 이론과 실제는 어느 때든지 합일되지 않는 것일세. 물론 자네들의 안목으로 보면 인간이란 일개 허위물에 지나지 않겠지만, 우리도 '인간'이란 관사를 쓴 이상 하느님의 일은 못 할 것이 아닌가."

"옳다. 그 말이야말로 진리다! 실용적이다! 이 사람들아, 배가 봉긋하거든 잠이나 자게. 그만큼 떠들었으면 시장할 듯도 한데……."

하고, E가 말했다.

"나도 역시 시장한데"

하고, 서로 쳐다보며 말했다.

그들은 매일 밤, 이같이 회합하여 쓸 말 못 쓸 말 함부로 지껄임이 습관이 되었다.

밤은 이미 늦었다. 벽에 걸린 괘종시계는 오전 1시를 가리키고 있었다.

A는 또다시 입을 벌려 먼저 하던 말과 똑같은 의미의 말을 했다. 그러더니 이내, 껄껄 웃으며 주머니 속에서 궐련초를 꺼내 물고는 불을 댕기어 두세 모금 빤 후,

"오늘은 너무 늦었으니 그만 일어서지. 어디 가서 배 속을 채울 예산이

나 세워보세……"

일동은 A의 말에 찬동했다. 그러고는 종잇조각에 금액을 적은 후 이것을 각자 제비를 뽑았다. 이 방법은 그들이 매일 밤 행하는바, 소위 '공(空) 뽑기'라는 것이다. 제비를 뽑아서 '공'이 된 이가 사무 처리인이 되는 것이다. 이날은 C가 '공'을 뽑았다.

30분쯤 지난 뒤 주문했던 중국 음식이 중국인의 손에 요리되어 그네들 앞에 나왔다. 그들은 배가 부르도록 흠씬 먹었다. 술기운이 전신에 돌았다. 아편 중독자가 모르핀 주사를 맞은 듯이 그들의 심신은 후줄근하게 되어서 벌써 만사가 태평이라는 악경(逆境, 일이 순조롭지 않아 매우 어렵게 된 처지나 환경)에 이르렀다.

이윽고 C는 주머니 속에서 '인단'이란 소화제를 꺼내어 10여 알이나 탄하(呑下, 알약이나 가루약 따위를 삼켜서 넘김)했다. 그러고는 만족한 얼굴로,

"에—너무 과식한 걸……"

하고, 말했다.

B, D, E…… 역시 과식했다며 '인단'을 얻어먹었다. 그러나 A는 한구석에 주저앉은 채로 아무 말도 없었다. 그들은 A의 행동에 그다지 주의하지 않는 것 같았다.

이윽고 그들은 헤어지려고 일어섰다. 그러나 A는 여전히 고개를 숙인 채 앉아 있다. 아마 그는 몹시 취한 모양이었다. 그는 여러 사람의 부축을 받아 간신히 일어서더니, "아아, 큰일이다!"라는 말과 함께 조금 전에 먹

었던 것을 그대로 토하고 말았다. 일동은 삐죽 웃었다. 그러자 극히 중구무언(重口無言, 입이 무겁고 말이 없음) 한 성격의 소유자인 F가 일동을 비웃는 듯한 어조로 말했다.

"그것 보게—내 어쩐지 자네들의 철학은 위태한 듯싶었네. 배가 고프면 고프다고 야단, 먹고 나서는 과식을 했다고 법석. 그것이 인생의 진리란 말인가? 작작 들 먹게. 한 끼 정도 굶는다고 죽지는 않아. 사람이란 그러한 것일세. 내 말이 진리요 철학이니……"

일동은 박장대소했다. 그 후에도 매일 밤 이 같은 회합은 그들 사이에 계속되었다.

#23

/

별

— 김동인, 1935년 2월 《조선문단》

무슨 글자를 보느라고 옥편을 뒤지다가 별 성(星)자를 보았다. 그것을 보고 생각하는 동안 문득 별에 대한 정다움이 마음속에 일어났다. 별을 못 본 지 얼마나 오래인지 별의 빛깔조차 기억에 희미하다. 보려면 오늘 저녁이라도 뜰에 나가서 하늘을 우러러보면 있을 것이건만.

밤길을 다니는 일이 적은 나요, 밤길을 다닌다고 해도 위를 우러러보는 일이 적은 데다가 고층거루(높은 건물)가 즐비하고 전등불이 휘황찬란한 도회지에 사는 탓으로, 참별을 우러러본 기억이 요연(窈然, 언제인지 모를 정도로 아득함)하다. 물론 그사이에도 무의식적으로 별을 본 일이 있기는 있을 것이다. 그러나 '별을 본다'는 의식을 갖지 않고 보았는지라 별을 의식한 기억은 까맣다.

"별 하나, 나 하나, 별 둘, 나 둘, 별 셋, 나 셋."

여름날 뜰에 모여서 목청을 돋우며 세어 나가던 그 시절의 별이나 지금의 별이나 변함은 없을 것이다. 또 중학 시대의 음울한 소년이 탄식으로 우러러보던 그 시절의 별이나 지금의 별이나 역시 변함없을 것이며, 장성하여 시적 흥취에 넘치던 청년이 마상이(거룻배처럼 노를 젓는 작은 배)를 대동강에 띄워 놓고 거기에 누워 물결 소리를 들으면서 탄미(歎美, 감탄하여 크게 칭찬함)하던 그 별과 지금의 별 역시 변함없으련만. 그리고 그 시절에는 날이 흐려서 하루 이틀만 별이 안 보이더라도 마음이 조조(躁躁, 성질 따위가 몹시 조급함)하여 마치 사랑을 따르는 처녀와 같이 안타까워했거늘, 지금 이렇듯 별의 빛깔조차 잊어버리도록 오래 별을 보지 않고도 그다지 부족함을 느끼지 않고 살아가는 이 심경은 어찌 된 셈일까. 세상만사에 대하여 이젠 흥분과 감동을 잊은 것일까. 혹은 별을 보고 싶은 감정도 생기지 않을 만큼 현대인의 감정이 빽빽하고 기계적인 것이 되어버린 것일까.

지금도 별을 우러러보면 옛날의 그 시절과 같이 괴롭고도 즐거운 감동에 잠길 수가 있을까. 그렇지 않으면 전등만큼 밝지 못한 것이라고 경멸해버릴 만큼 마음이 변했을까.

오늘 저녁에는 꼭 다시 별을 우러러보려 한다. 그러나 저녁이 되어도 이 마음이 그대로 있을지가 의문이다. 날이 춥다는 핑계가 있고, 바쁜 원고가 많다는 핑계가 있으며, 그 위에 오늘이 음력 팔일이니 그믐별이 아니고서야 무슨 흥취가 있겠느냐는 핑계도 있으니, 어찌 될는지 알 수 없다.

보면 사라지고, 안 보면 문득 솟아오르던 별. 저 별은 장가를 가지 않는

가 하고 긴 밤을 지키고 있던 별. 내 별 네 별 하며 동생과 그 광휘(光輝, 아름답게 눈이 부심)를 경쟁하던 별. 생각하면 생각할수록 언제 다시 잠 못 자는 한밤을 별을 우러러보며 새고 싶다. 그러나 현시대의 생활과 감정이 너무 복잡다단함을 어쩌랴. 별을 쌀알로 보고 싶을 터이며, 달을 금덩이로 보고 싶을 테니, 이런 감정으로는 별을 본들 아무 감흥도 없을 것이다.

#24

/

양덕온천 회상

— 김남천, 1939년 12월《조광》

처음에는 사람 없는 조용한 절간을 찾아 1, 2개월 정도 그곳에 묻혀서 장편소설 천 매를 써서 돌아오리라고 생각했다. 신문도, 잡지도 보지 않고, 오로지 소설 쓰기에만 전념해 최초의 장편소설을 써 보리라고 결심한 것이다.

작년 5월 중순. 나는 석 달을 작정하고 서울을 떠나 고향으로 갔다. 그러나 가까운 절을 찾을 수 없었다. 그래서 생각한 것이 양덕온천이었다. 고향에서 불과 백 리, 자동차로 한 시간 반이면 갈 수 있는 곳이었기 때문이다. 하지만 지금까지 단 한 번도 그곳에 가 본 적이 없었다. 고향 사람들은 물론 가족 중에도, 더구나 여자들은 모두 한두 차례씩 다녀오지 않은 이가 없을 정도였고, 특히 일 년에 한두 번 친척 집에 대사(大事, 큰 잔치나 예식 등을 치르는 일)가 있을 때만 외출하는 것이 고작인 어머니 역시 벌써 4, 5차례나 다녀오셨을 뿐만 아니라 누이들 역시 한두 번은 모두 다녀왔는데도 말이다. 어머니가 소화불량, 신경통 등 신환(身患, 몸의 질환)으로 다녀왔다면, 누이들은 대부분 어머니를 모시고 다녀온 경우였다. 그러나 비교적 건강한 아버지와 나 같은 청소년은 단 한 번도 그곳을 구경하지 못했다.

이것으로 충분히 짐작이 가겠지만, 양덕온천은 결코 유흥지가 아니다. 그러나 지금 철도가 놓이고 있고, 앞으로 평원선(평안남도 대동군 서포와 함경남도 고원 사이에 부설된 철도)이 개통되면 주을(朱乙, 함경북도 경성군 남쪽에 있는 읍. 온천으로 유명함) 못지않은 아름다운 경치로 인해 단연코 고급 유흥지로 거듭날 것이 틀림없다.

그러나 지금은 몸이 아픈 사람들이 병을 고치기 위해 방문하는 온천에 불과할 뿐 온양이나 해운대 같은 유흥지는 결코 아니다. 그러니 시설 역시 보잘것없다. 욕탕이라고는 남녀 공중탕이 고작이다. 또 대탕지(大湯池) 쪽에 〈구룡각〉이라는 호텔이 있기는 하지만 시설에 비해 숙박료가 비쌀 뿐만 아니라 음탕하기까지 하다. 돈에 따라 여종업원이 유녀(遊女, 술과 함께 몸을 파는 일을 직업으로 하는 기생, 색주가 따위의 여자들을 통틀어 이르는 말)로 변하기도 하기 때문이다. 그 때문에 점잖은 부부의 경우 투숙하기에 곤란을 겪을 수도 있다.

나는 원고 집필이 목적이었기 때문에 대탕지를 택할 엄두가 나지 않았다. 더욱이 양덕에 사돈이 살고 있고, 고향 사람들의 내왕도 잦아 더욱 몸가짐에 신경 써야만 했다. 또한, 간혹 평양이나 성천 등지에서 이곳을 찾는 부녀자들 가운데는 색채에 굶주린 젊은 청년의 눈을 어지럽게 할 위험성도 없지 않았다. 아닌 게 아니라, 사돈 한 분과 처음 대탕지를 찾았을 때 활짝 열어 놓은 여탕 탈의실 입구에 아무것도 입지 않은 여인의 붉은 몸뚱이를 본 적이 있다. 그러니 평정한 상태에서 집필을 계속할 수 있을지 스스로 의문이 들지 않을 수 없었다.

본디, 전장(戰場, 전쟁터)으로 향하는 듯한 각오를 하고 떠나온지라 부녀자 앞에서 도학자적인 태도를 견지할 만한 뱃심은 준비되어 있었다. 그러나 가끔씩 궤도를 벗어나 분마(奔馬, 빨리 내닫는 말)처럼 내달리는 방분(放奔, 힘차게 내달림)한 청성(青星, 젊은이)의 마음을 눠라서 보장할 수 있겠는가. 군자는 위태로운 곳에 가까이 가지 않음이 옳다고 생각할 수밖에 없었다. 그리하여 나는 그곳에서 버스틀 타고 60리를 더 원산 쪽으로 들어간 석탕지(돌탕지) 온천에 작업실을 마련했다. 이에 주석을 붙여 두거니와 양덕온천이라고 하면 흔히 대탕지 온천을 말한다. 평원 서부선 양덕역에서 약 10분쯤 끼고 들어가면 된다. 자세한 사항은 관광 협회에서 발행한 여행안내서나《조선의 온천》을 보면 좋을 것이다.

석탕지는 같은 양덕온천에 포함은 되지만 그것과는 구별해서 생각할 필요가 있다. 물론 석탕지 욕탕 역시 편창회사(片倉會社)에서 경영하지만, 시설은 서울의 낡은 목욕탕과 큰 차이가 없다. 오히려 더 더러우면 더러웠지 깨끗하지 않다. 또한 계절이 농번기인 탓도 있지만, 욕객은 5, 6명, 남녀 모두 합해봐야 십수 명이 고작이다. 더욱이 면민(面民, 그 면에 사는 사람)은 무료로 출입할 수 있기 때문에, 회사 입장에서는 도저히 수지타산이 맞지 않았다. 그러나 수질만큼은 매우 뛰어났고, 그 맛 역시 으뜸이어서, 나는 날마다 거기에다 달걀을 삶아 먹었다.

아는 이의 소개도 있고 해서, 나는 양덕에서 1박을 한 후 석탕지에 도착해 2층이 있는 내지인(內地人, 그 고장 사람) 여관에 투숙했다. 식사 같은 것은 보잘것없고, 방 역시 노래기(해충의 한 종류)가 들끓고, 밖에서는 밤새도록 개구리가 울었다. 이에 남포등 밑에 책을 펼쳐놓고 때때로 깊은 고독에 빠지곤 했다.

신기한 것은 시골임에도 밥상에 닭은 물론 물고기조차 없다는 것이다. 그러다 보니 '간즈메(통조림)'를 질리도록 먹어야 했고, 때때로 동민(洞民, 한 동네에 사는 사람)과 함께 구탕(狗湯, 보신탕)을 먹으러 나서지 않으면 안 되었다. 그러나 그것 역시 장맛이 시원치 않을 뿐만 아니라 고명이랄 고명도 없어 웬만하면 음식 타박을 하지 않는 이가 아니면 가히 즐길 수 없을 정도였다. 그래도 동네 청년—그중에는 이발사와 화물자동차 운전사 및 조수, 불량 기운이 있는 딸을 가진 파락호(재산이나 세력이 있는 집안의 자손으로서 집안의 재산을 몽땅 털어먹는 난봉꾼) 등이 있었다. 그들과 비 오는 밤 고개를 넘어 개장과 술에 취해 수심을 부르며 숙소로 돌아오던 정취는 지금까지도 잊히지 않는다.

내가 묵었던 여관은 한때 '전월여관'이라는 이름으로 불렸을 만큼 자연 속에 자리하고 있었다. 탕지에 오르는 연기 같은 김에 서린 숲과 논두렁, 노천탕 고개 위에서 돋는 달을 바라보며, 개구리의 울음을 듣는 맛이란 아무 데서나 맛볼 수 있는 정취가 결코 아니었다. 그래서인지 춘정에 들뜬 청년들은 여관 계집을 쫓아다니며 맥주잔을 기울이느라 몹시 바빴다. 특히 이발소는 동네 방송국이나 마찬가지여서, 머리가 흐리멍덩할 때 낡은 의자에 누워 면도하며 때 지난 신문과 잡지에 귀를 기울인 후 욕탕에 가서 등의 신경통을 터는 맛 역시 제법 그럴듯했다.

때때로 고독을 이기기 힘들 때면 '트럭'을 얻어 타고 대탕지로 나가서 친구와 함께 하룻밤 주연(酒宴, 술잔치)을 베풀거나 운전대에 올라앉아 수해(樹海, 숲)를 달리는 맛 역시 좋았다. 특히 양덕은 온천 외에 송림이 명물이어서 가을이면 송이가 유명하다. 일전에 시골에 있는 조카아이가 푸른 솔잎을 덮은 송이를 소포로 보내줘 하룻저녁 가을 향기를 시식한 적이 있는데, 지금쯤 양덕은 송이 따기가 한창일 것이다.

이런 것을 생각하면 지금이라도 당장 여장을 꾸려서 양덕으로 달려가고 싶다. 아침 온천을 한탕 하고 마음 맞는 친구와 부인네들과 쌍을 지어 깊숙이 송림을 헤매며, 송이 사냥을 하다가 돌아와서 저녁에 다시 하루 동안의 피곤을 탕에서 씻은 후 송이 볶음을 상에 놓고 따끈히 잘 데운 술잔으로 깊어 가는 가을밤을 즐기는 재미란 상상만으로도 즐겁기 그지없다.

양덕의 겨울은 멧돼지와 꿩 사냥으로도 유명하다. 아직은 양덕이 그리 유명하지 않아 이 역시 생각보다 덜 알려져 있지만, 교통편만 좋아진다면 전 조선에서 1위를 점하는 온천이 될 것을 믿어 의심치 않는다.

#25

동창(冬窓) 앞에서

— 계용묵, 1947년 12월《문화시보》

첫 추위에 한 번 언 창이 좀체 녹질 않는다. 스토브에 불은 연일 지속되건만 대용탄(代用炭)의 기세로는 동창(冬窓)을 녹일 만한 화력 한 번 올려 보지 못한다. 쓸쓸한 방 안이다. 바람맞은 병아리마냥 어깨만 그냥 올라간다. 그러지 않아도 남의 집에 몸을 맡긴 손님처럼 자유에 가난한 마음이 오력(伍力)의 자유까지 잃게 되니, 도무지 몸이 무거운 듯이 흥이 실리지 않는다. 그래도 웃고 지나는 친우들을 보면 해방된 백성의 면모처럼 보여 한결 마음이 풀리다가도 어느새 동창과 같이 얼어들곤 한다.

이러한 방 안에서, 이러한 마음으로 나는 사무를 본다. 그러나 붓대를 잡으면 전기가 가고, 붓대를 놓으면 전기가 온다. 전기도 겨울 접어들면서 제법 정치가처럼 변덕을 부리는 것이다. 그러다 보니, 언제 붓대를 들어야 전기와 배가 맞아 일의 능률을 올리게 될지 알 수 없다. 전기의 농락이 귀찮아 아주 붓대를 놓고, 그래도 스토브라고 노변(爐邊, 난로 주변)으로 의자를 당겨 앉았다.

젊은 여자 손님이 찾아왔다. 《민성》 기자라고 한다. 쪽지와 연필을 내들더니 신년호 설문에 대답하란다.

"1948년에는 독립 정부가 수립되리라고 보십니까?"

창졸간 대답이 나오지 않는다. 나는 세계정세나 국내정세에 눈이 어둡다. 또 여기에 대답할 자격 역시 없다.

"글쎄올시다."

이렇게 이야기를 던졌는데도, 기자가 잡은 붓대는 가부론(可否論)을 마냥 기다리며 고집을 피운다.

얌전히 고개를 숙인 채 내 대답만을 성의를 다해 기록하려는 그 물음에, 나는 "왜 1948년엔 독립 정부가 수립되리라고 봅니까?" 라는 이 한마디가 빨리 나오지 않아 기자에게 붓방아만 찧게 만들었다. 하도 찧는 붓방아가 미안해서 결국 나는 이렇게 말했다.

"그야 정치가들이 알겠지요."

기껏 한다는 대답이 그것이었다.

두껍게 얼은 창은 오정(吾正, 낮의 열두 시)이 훨씬 넘었는데도 조금도 녹지 않을 듯하다. 언제야 삼동(三冬, 겨울 석 달)이 걷혀 얼어붙은 동창이 녹아서 오력을 펴게 될까.

등골에 오싹거리는 한기를 다시금 느끼며, 넣어도 녹지 않는 대용탄을 또 집어넣어 본다.

#26

/

방서한(放書恨)

— 계용묵, 1948년 12월 《문장》

바람이 살랑거리니 바깥보다는 방 안이 한결 좋다. 밤의 방 안은 더욱 마음에 든다.

등(燈) 아래 책상을 기대앉으면 마음이 푹 가라앉는 것이 뭔가를 자연히 사색하게 한다. 등화가친(燈火可親, 등불을 가까이할 만하다는 뜻으로, 서늘한 가을밤은 등불을 가까이하여 글 읽기에 좋다는 말)이라는 말도 있거니와 등화와 친하지 않고는 견딜 수 없는 것이 겨울밤인 듯싶다.

저녁을 먹고, 일순(一瞬, 아주 짧은 시간)의 산책을 한 후 불을 켜고 고요히 방 안에 들어앉으면, 내 마음은 항상 무엇에 그렇게 주렸는지, 공허한 마음이 저도 모르게 그 무엇인가를 찾기에 바쁘다. 그러나 그것은 언제나 찾을 수 있는 마음이 아니다. 그러니 쉽게 찾아질 리 없다.

그것을 못 찾는 내 마음은 우울하기 짝이 없다. 이제 나이 사십의 고개

턱에 숨이 차게 되었으니, 인생의 감상 시절은 지났다고 봐도 좋으련만, 내 마음은 무엇을 찾기에 그리 늘 우울한지.

언제나 나는 내 마음에서 그 무엇인가를 찾다 못 찾으면 그것을 책에서 찾으려고 애쓴다. 그 어떤 책 속에는 족히 내 공허한 마음을 채워 줄 무엇이 들어 있을 것만 같기 때문이다. 그래서 멍하니 앉아서 생각을 더듬다가도 벌떡 일어서서 서가로 달려가곤 한다. 하지만 지금 단칸셋방 객사인 내 집엔 서가는커녕 책조차 비치한 것이 없다. 좋거나, 나쁘거나 그저 얻을 수 있었던 몇 권의 책이 책상 위에 놓여 있을 뿐, 마음을 끄는 책이라고는 단 한 권도 없다.

책, 지극히 책이 그립다. 고향의 내 서재로 마음을 달린다. 여섯 층으로 된 천정을 찌르는 높다란 서가가 눈앞에 보인다. 거기에 빈틈없고 질서 있게 책들이 나란히 가득 꽂혀 있다. 그러나 그것도 팔아먹고 남은 나머지다. 그러니 그 책에 구미가 동할 리는 더군다나 없다.

나는 또 장 속에 처박아 둔 2, 3개의 서가를 떠올려 본다. 마음이 몹시 허전하다. 한 번씩 눈으로 보았다고는 해도, 내 마음을 살찌워 준 것은 분명 그것들이었다. 그것이 이제 궁여(窮餘, 궁한 나머지)의 일계(一計, 한 가지 꾀)에서 담배 연기로 변해버리고, 빈 서가만 남았거니 하니, 마음의 공허가 더욱 심절(深切, 깊고 절실함)하다. 어쩐지 그 빈 서가는 나 자신인 듯하다. 그래서일까. 내 마음의 공허함을 느끼듯 공허함을 느끼는 것 같은 것이 몹시 걸린다. 그 서가에 가득하던 천여 권의 책을 다시는 채우지 못할까? 아득한 생각이다. 그 부수를 다시 채우기만 하면 그래도 내 마음의 공허도 채워질 수 있을 듯한데, 이제 그것을 임의로 할 수 있을 여유조차 갖지 못하니, 이제 나 자신이 아무렇게나 장 속에 던져둔 서가와도 같다는 생각이 들어 서글프기 짝이 없다. 그리하여 영원히 채울 길 없는 그 서가와 같이 내 마음속에도 티끌과 거미줄만이 쌓이고 그슬리는 가운데 나날이 낡아 빠지는 것만 같다. 밤마다 등하에 고요히 앉기만 하면 나는 마음의 공허를 이렇게 느끼고 마음 구석구석 들어차는 티끌 속에 케케묵어 가는 '나'라는 인간의 존재를 내다보고는 어이없이 웃곤 한다.

#27

전원교향곡의 밤

— 이효석, 1936년 12월《여성》

여행을 떠난 지도 벌써 일주일이 되었다.

낡은 하숙집 이층 방에서 그믐을 보내며 정초를 맞는다는 게 그다지 서글플 것도 없었다. 달력의 음양(陰陽, 음력과 양력)을 물을 것도 없이, 제야(除夜, 섣달 그믐날 밤)라는 이유만으로 특별한 정서를 자아내지 못하기 때문이다. 친구를 만나고, 책을 읽는 밤이 하필 제야가 아니고 다른 밤이어도 좋은 것이며, 가정의 화목과 이웃과의 사귐 역시 제야가 아닌 그 어느 밤이라도 좋은 것이다. 그러니 제야를 객지에서 맞고, 쓸쓸한 방에서 홀로 책을 읽는다는 것이 꼭 서글픈 일은 아니다. 다만, 맞은편 호텔과 비교하면 너무도 쓸쓸하고 한산한 것이 한이라면 한일까. 주인 노파가 아무리 공들여서 방 안에 숯불을 넣어 주고, 청소를 해주며, 목욕물을 데워준다고 한들, 얇은 벽과 단 하나밖에 없는 창을 가진 방이 호텔 방처럼 푸근하고 윤택 있을 리는 없기 때문이다. 더욱이 이웃 방에 사는 사람들이 뭘 하며 살아가는지도 모를 뿐만 아니라 아래층 구석방에 사는 갓 출산한 여자의 남편이 누구인지도 모른다. 그런 서먹서먹함이 하숙집을 온통 감싸고 있다. 그러니 사람들 사이에 전해지는 따뜻함이라곤 전혀 느낄 수 없다.

만나는 친구도 없고, 찾아올 사람도 거의 없다 보니, 나는 밤늦도록 책을 들었다. 화로에 숯불이 튀고, 이불 속에 넣은 더운 물통이 몸을 녹여주었다.

〈이녹 아든(영국의 시인 앨프레드 테니슨이 쓴 서사시)〉을 읽고《전원교향악(프랑스의 소설가 앙드레 지드의 대표작)》을 읽었다.

〈이녹 아든〉— 충분히 있을 법한 이야기요, 영원한 주제이건만, 서사시의 번역처럼 김빠지고 향기 없는 음식도 없는 듯하다. 신기한 환영(幻影, 눈앞에 없는 것이 있는 것처럼 보이는 것)이 끝까지 펼쳐지지 않기 때문이다. 그래서 거듭 읽기에는 조금 부담스러운 면이 있었다.

그에 비하면,《전원교향악》은 향기로운 술이다. 과실을 한 입 한 입 베어 먹을 때의 흥분과 긴장으로 한 줄 한 줄을 훑어 내려갔다. 침착한 착상과 완벽한 문장 그 자체였다. 임의의 어떤 구절을 뜯어보건 그것은 늘 최후의 것이요, 최상의 것이었다. 흠집 없는 구슬이라고나 할까.

제르트뤼드(《전원교향악》의 주인공인 시각장애인 소녀)는 한 음악회에서 베토벤의 교향악을 듣고 지금까지 볼 수 없었던 세상의 아름다움에

반한다. 이에 자신을 보살펴주던 목사를 향해 이렇게 묻는다.

"목사님, 세상은 정말 그렇게 아름다운가요?"

하지만 목사는 똑바로 대답할 수 없었다.

"목사님, 더는 속이지 말고 똑바로 말씀해주세요. …… 저 예뻐요?"

그녀는 평소 좋아하고 흠모했던 목사를 향해 마지막 질문을 던졌다. 반드시 그것을 물어봐야 할 것 같았다. 그의 진심을 알고 싶었기 때문이다.

"그걸 알아서 뭐하게?"

"마음에 걸려서요. 그리고 꼭 알고 싶어요. 또 이런 걸 물어볼 사람이 목사님 말고는 없잖아요."

"제르트뤼드, 넌 매우 아름다워."

목사는 기어코 거기까지 말하고 말았다.

어떻게 하면 이렇게 아름다운 구절과 바꿀 수 있을까. 별보다도 아름다운 이런 구절이 지드의 소설 속에는 곳곳에 흩어져 있다.

아깝다! 귀하다! 문학이여, 인류와 함께 영원히 영화롭고 빛나라!

밤이 깊어가는 줄도 모르고, 나는 이야기 속에 골몰히 잠겨 들어갔다. 구절구절이 방울방울의 피가 되어 나의 몸을 채워갔다.

좋은 소설 앞에서는 한산한 방의 탄식도 서글픈 제야의 감정도 자취 없이 사라지고 만다. 신경의 유쾌한 흥분과 마음의 도취(陶醉, 어떠한 것에 마음이 쏠려 취하다시피 됨)가 있을 뿐이다.

날이 밝자, 나는 찻집으로 달려가 베토벤의 제6심포니를 여러 차례 들었다. 그러나 간밤에 지드의 소설에서 맛본 감동은 끝내 느낄 수 없었다. 그만큼 소설에서 받은 감동은 컸다.

제야의 교향악 — 그것은 내게 있어 더 이상 음악이 아닌 음악 이상의 아름다움을 주었다.

#28

/

계절의 낙서

— 이효석, 1940년 1월《신세기》

여윈 사람은 음식에 대해서 말하기를 즐겨 한다고 한다. 문학과 교실에서 세 시간이나 연달아 있는 중국 문학사 강의는 오정(정오)에 끝나기로 되어 있었다. 그러나 박사요, 사계(斯界, 해당 분야)의 권위자인 노 교수는 으레 음식에 관한 얘기로 2, 30분씩은 더 강의를 한 후 마치기를 거듭했다. 식당에서 주문한 런치가 왔느니— 오늘 점심은 라이스 카레니—식기 전에 먹어야겠느니—하면서 그것을 말하기를 확실히 즐겨 하는 눈치였다. 하지만 우리에게는 강의가 빨리 끝나는 것이 기쁨이었다.

교수는 학의 기품을 갖춘 수신 척골(瘦身瘠骨, 몸이 바짝 말라 뼈가 앙상하게 드러남)의 고명한 노학자였다.

나도 음식에 관해서 말하기를 즐겨 하는 것은 그 노교수처럼 박사다. 이는 고명한(高明—, 식견이 높고 사물에 밝음) 학자라는 말이 아니라,

수신 척골은 아닌 지경이라도— 말하자면, 여윈 편이라는 것이다. 지난 겨울에는 보제(補劑, 몸을 보하는 약제)를 5제나 쓴 결과, 관(貫,무게의 단위. 한 관은 한 근의 열 배로 3.75kg에 해당함) 반이나 체중이 늘었던 것이 봄에 들어서면서부터 다시 나무아미타불이 되고 말았다. 올해는 약의 힘을 버리고 간유(명태, 대구, 상어 따위 물고기의 간장에서 뽑아낸 지방유)와 버터의 섭취를 위주로 했더니, 요새 와서는 여름보다 3백 그램이 불었다. 그 모양으로 한겨울을 지나면 보제의 힘을 빌릴 것 없이 자연스럽게 관 반은 늘 것 같다.

이렇게 내게 있어서 체중의 증감이 대단한 관심사인 것이며— 다시 말하면, 장대한 육체의 소유자가 아니라는 것이다. 그런 까닭에 음식의 설화가 아무리 수다스럽다고 해도 문책을 받을 것은 없다는 것이다.

버터가 인조로 변한 지는 오래다. 영양가는 순수한 것(자연산 천연버터)과 똑같다고 선전은 하지만 속을 사람은 없을 듯하다. 첫째, 향기가 없고, 둘째, 짠 맛이 부족하고, 셋째, 감촉이 눅진하지 못하고, 넷째, 기계기름 냄새가 나고, 다섯째, 빛깔이 지나치게 누렇고…… 영양가 운운의 문제 외에도 그 흠을 일일이 얘기하기도 어렵다.

순수한 것을 식료품점에 예약해둔 지 거의 한 달 만에 간신히 5파운드(무게의 단위. 1파운드는 1온스의 16배로 약 453.592그램에 해당함)를 구해 지하실에 저장해 두었다. 아마도 순수품으로는 마지막일 듯싶었다. 5파운드가 많지는 않지만, 한겨울 날 것은 될 듯해서 버터에 관한 한 당분간 걱정할 것이 없게 되었다.

지하실에 저장한 것으로는 그 외에 시골에서 온 사과와 배 두 통, 밤 한 통, 고구마 한 포대, 자반 정어리 한 통, 야채 등이 있다. 진귀한 것으로는 포도주—가 아니라 자줏빛 머루주 몇 병이 있다. 몇 해를 두고 벼르던 것을 올해야 겨우 뜻을 이룬 것인데, 도회에서는 머루를 구하기 힘들어 일부러 시골에서 보내게 한 것이다. 알을 따서 으깬 후 독에 봉해 넣으니, 며칠이 못 가 고이기 시작한 것이, 일주일쯤 지나니 풍후(豊厚, 아주 넉넉하도록 많음)한 냄새가 제법 독하게 풍기게 되었다. 이를 다시 짜서 가라앉힌 후 조미(助味, 조미료)를 더욱 풀어 병과 독에 넣었더니, 이 겨울의 한 진미가 되었다. 사실 알코올 양조는 위법이다. 하지만 이 법률 상식을 알게 된 것은 머루가 고이기 시작한 후였으므로 처음부터 법의 그물을 뚫을 악의가 있었던 것은 아니다.

버터와 머루주 외에 땅속에는 김장도 두어 독 묻어두었다. 황해도에 갔다는 단골 굴장사가 굵은 굴을 가져오면 젓도 담을 수 있을 것이다. 시골에서는 과일이 또 몇 통 오기로 되어 있다. 쌀도 얼마간 찧어 놓고, 석탄도 간신히 약간 구해놓았고—

이만하면 겨울 준비가 대충은 된 셈이다. 날이 추워져도, 눈이 와도 그다지 두려울 것이 없다. 두렵기는커녕 눈은 즐거운 것의 하나가 되었다. 눈이 없다면 겨울은 얼마나 삭막할까. 눈이 있기 때문에 겨울도 다른 시절에 밑지지 않게 아름다운 것이다. 눈송이 날리는 아침과 저녁, 눈 쌓인 상록수, 하얀 거리, 신발 밑에서 빠작빠작 울리는 눈 쌓인 길, 기온이 낮아졌다가 별안간 차가워진 아침, 수림의 휘추리(가늘고 긴 나뭇가지)에 만화(萬華)의 그림을 그려 놓는 수빙(樹氷, 나뭇가지에 응결된 얇은 얼음층)—이 모든 아름다운 것으로 인해 겨울은 다른 시절에 비해 절대 빠지지 않는 것이다.

올해 들어 눈이 특히 더 좋게 생각되고 기다려지는 이유가 또 하나 있다. 그간 벼르던 스키를 올해는 짜장(과연 정말로) 시작해 보려고 마음먹었기 때문이다 스케이트를 버린 지 십여 년이다. 그것을 회복시켜 볼까, 스키를 고를까 하다가 결국 후자의 장쾌함에 마음이 끌렸다. 경우에 따라서는 두 가지를 겸해서 하고 싶은 욕심도 없지 않다. 다행히 가까운 모란봉 뒷동에 지난해부터 스키장이 들어섰다. 기차로 왕복 하룻길 되는 구장(球場)에도 철도국의 신설장이 있다. 문제는 눈이다. 눈이 많이 와야 무시로(특별히 정한 때가 없이 아무 때나) 스키를 짊어지고 나갈 수 있기 때문이다. 그래서 눈이 기다려지는 것이다.

어떻든 올해는 눈이 많이 올 것이란 기대를 가지고 약간의 예비지식을 준비한 후, 우선 스키 현품(現品, 현재 있는 물건)의 실제 답사를 할 생각으로 거리에 있는 운동구점 몇 집에 들렀다. 현품을 보고, 품질을 묻고, 가격을 타진한 결과, 스키 일체 용품에 관한 대략 다음과 같은 숫자를 얻었다.

스키20 · 00

구두35 · 00

잠퍼30 · 00

바지 10 · 00

모자 3 · 00

장갑 3 · 00

양말 3 · 00

품질의 고저가 있다고는 해도 약 백 원이라는 계산이 나온다. 불과 20원이면 될 스케이트에 비하면 약 5배의 입비(入費, 비용이 더 들어감)인 것이다. 점원이 허리를 아무리 얕게 하고, 말을 달게 해서 스키의 공효(功效, 효과)와 흥미를 아무리 장황하게 늘어놓는다고 해도 사치스러운 스포츠임이 틀림없다. 이상, 품구(品具, 장비) 외에도 스키를 제대로 익히려면 교칙서 역시 필요한 것이요, 스키장을 번번이 내왕하려면 그 비용 역지 적지 않게 들 것이니, 백 원에다 훨씬 이상의 것을 플러스해야만 할 것이다. 그러니 어찌 사치한 스포츠가 아니랴. 백 원을 얻으려면 원고지 200매를 채워야 하고, 원고지 200매를 채우려면 피나는 노력으로 한 달을 허비해야만 한다. 즉, 스키는 한 달 노력의 값인 것이다. 확실히 비싼 대상이다. 그러나 그 숫자가 결코 스키에 대한 나의 흥을 떨어뜨리지는 못하며, 도리어 불을 더욱 지를 뿐이다.

사치 여부를 묻지 않고, 나는 스키를 시작할 것이다. 좀 있으면 신품이 나온다니, 눈 오는 날 아침 즉시로 점원에게 한 벌 날라 오도록 분부할 것이다. 그래서인지 눈 오는 날이 내게는 전에 없이 유달리 기다려진다.

눈송이 날리는 아침과 저녁 — 눈 쌓인 상록수 — 하얀 거리 — 만화의 그림을 그려 놓는 수빙—이 모든 아름다운 것 중에서 눈 쌓인 산등(산등성이)이 가장 그립고 기다려진다. 눈과 스키 — 계절의 원망(願望, 원하고 바람)은 우선 지금 이것뿐이다.

—11월 30일 밤

#29

/

채롱(綵籠)

— 이효석, 1938년 4월《조선일보》

시골

우거진 여름나무 그림자가 아니라, 잎이 떨어지고 가지만 앙상하게 남은 겨울나무의 그림자라는 것을 사람들은 그다지 생각해본 적이 없을 듯하다.

우거진 나무 그림자라는 것은 으슥한 낮잠의 터는 되어도 겨울나무 그림자의 외롭고 아름다움은 없다. 겨울나무가 푸른 그림자를 처녀설(處女雪, 아무도 밟지 않은 눈)의 흰 막 위에 던지고 있는 그림은 쓸쓸하면서도 깨끗하고 아름다운 것이다.

그런 아름다운 그림을 나는 겨울에 함경선을 지날 때 가장 흔히 본다. 과수원이나 혹은 낙엽 송림에 눈이 쌓여 아직 밟히지 않은 그 백지 위에 나뭇가지 혹은 수풀의 그림자가 푸른 목판화처럼 또렷하게 박혀 있는 풍경은 아무리 상을 줘도 오히려 부족하다. 나는 차창에서 눈을 떼지 않은 채 지나가는 그 한 폭을 아깝게 여기며, 다음에 또 올 것을 기대하는 수밖에는 없다.

조출하면서도 쓸쓸한 나무 그림자를 볼 때 나는 시골 생활이라는 것을 생각하게 된다. 차가 한적한 역에 머물러 눈 쌓인 마을을 바라보면서 고요한 길을 걷노라면, 대체 마을에 사람이 살고 있는지 없는지, 또 그 속에 생활이 있는지 없는지 의심하게 된다. 그러나 곧 별것 아닌 겨울나무 그림자 같은 생활이 그 속에 있음을 깨닫게 된다.

이상한 것은 그런 생활에 곧 또 익어져 간다는 것이다. 화려한 곳에서와 마찬가지로 지극히 쓸쓸한 곳에서도 사람은 살 수 있는 것이요, 살라는 뜻인 듯하다.

무료함 속에서 나는 C의원을 찾는 날이 많았다. 응접실에서 난로를 쬐면서 한가할 때의 닥터 B와 이야기를 하며 시간을 보낸다. 밤이면 난로가 달아서 한구석이 과일같이 새빨갛게 익은 것을 둘러싸고 앨범을 뒤적거리고, 〈우울한 일요일〉의 레코드를 듣다가 옆방에 준비된 늦은 만찬을 시작한다. 식탁의 진미는 근처 인읍(隣邑, 인근에 있는 읍)에서 주인이 손수 사온 도미, 굴, 식혜, 수정과, 그리고 부인이 손수 만든 아이스크림 — 더운 온돌방에서는 이 이상의 선미(鮮味, 신선하고 산뜻한 맛)는 없다. 식사가 끝나면 윷놀이를 하고 상품을 나눈다.

시골 살림은 나무 그림자처럼 매우 호젓하고 쓸쓸하다. 난로를 끼고 창으로 눈을 내다보고 — 그것이 너무 단조로우면 젊은 B박사는 인읍으로의 영화 구경을 종용한다. 그러고는 삼십 몇 년 형인지 조금 낡은 자가용을 손수 운전해서 집 앞까지 데리러 온다. 그러나 채 몇 마장(거리의 단위. 오 리나 십 리가 못 되는 거리를 이름)도 못 가서 시동이 꺼지고 속력이 줄어든다.

간신히 몰아서 온 길을 되돌아 어디로 가는가 하고 의아해하노라면, 차는 다시 병원으로 들어가 차고 앞에 멈춰 선다. 여러 날 쓰지 않았던 차에 물을 넣은 지 오래된 까닭에 어느결에 얼어 버려서 움직이는 데 지장이 있다는 것이다.

하는 수 없이 얼어붙은 눈이 구두 밑에서 빠작빠작 울리는 밤거리를 걸어서 차부(車部, 자동차의 시발점이나 종착점에 마련한 차의 집합소)에서 버스를 탄다. 인읍까지는 십 분이 넘게 걸린다. 그렇게 해서 늦은 시각에 영화관에 도착하면 게이블과 콜베르의 〈어느 날 밤에 생긴 일〉이 시작된다.

낡고 망측한 대사를 끝까지 듣고 나면 골이 띵하다. 영화가 끝나면 거리의 찻집 〈동〉에서 이 또한 망측한 커피를 마시며 한 시간쯤 쉬다가, 이번에는 택시를 세내서 고개를 넘어 집으로 돌아온다.

이튿날 한낮이 되어서 B씨를 찾았다. 그는 늦은 조반이 막 끝났다면서 피곤한 낯을 띤 채 나타났다. 들어보니 놀라운 곡절이 있었다.

새벽 네 시가 되어서 촌에서 난산의 급한 환자가 있다며 사람이 뛰어와, 십 리나 되는 원수대까지 차를 몰고 가서 사경을 헤매는 산부를 수술하고 태아를 조각조각 오려낸 후 다시 집에 돌아와서 잠깐 잠이 들었다가 막 늦은 조반을 먹었다는 것이다. 아무렇든 간에 단조를 깨트린 셈이기는 하나, 의실(醫室)의 흥분은 지나칠 정도로 처참했다.

중요한 것은 그 후 산부의 소식이다. 하지만 며칠 후 들으니 참혹하게도 세상을 떠났단다. 18세의 애잔한 소부(少婦, 젊은 아낙네)가 마을 젊은이와 눈이 맞아 만주까지 도망갔다가 다시 마을에 돌아와 살림을 시작했으나, 마을 사람들의 눈에 나서 위독할 때 누구 한 사람 위문 오는 사람이 없었고, 수술을 시작할 때도 물 끓여주는 사람조차 아쉬워서 곤란했다고 한다.

그렇게 말하는 B씨의 낯에도 피곤의 빛이 없다고는 말할 수 없었다. 쓸쓸하고 외로울 뿐만 아니라 비참한 이야기다.

시골 생활이 겨울나무 그림자처럼 적적하고 외로운 것이기는 하지만, 나무 그림자의 푸르고 아름다운 점만은 이 산부 이야기와 인연을 붙여서 말하고 싶지 않다.

소설

B씨에게서 나는 여러 차례나 만찬을 대접받고 어간유(魚肝油, 명태, 대구, 상어 따위 물고기의 간장에서 뽑아낸 지방유) 선물을 받았다. 그러나 그가 거리의 내 집을 찾아오기 전에는 똑같은 형식으로 갚아 줄 도리가 없다. 나는 그에게 찻집에서 마시는 차가 아니라 집에서 손수 만든 차를 낼 수 있으며, 손수 요리한 도미와 굴, 아이스크림을 대접할 수 있다. 또한 비록 자가용은 없지만 영화 구경만은 부자유스럽지 않게 동행할 수

도 있다. 그러나 이것도 그가 직접 나를 찾기 전에는 어쩔 수 없으며, 옷가지나 과자 상자쯤을 소포로 보낸댔자 별반 신통한 것이 아닐 것이요, 그렇다면 차라리 소설책을 보내는 것이 더 뜻있는 일이 아닐까 생각한다.

B씨는 유난히 소설을 좋아한다. 난로 앞을 싸고 앉아 밤늦도록 이야기한 것도 말하자면 대부분 소설 이야기와 문학 이야기였다. 광범위한 그의 소설 지식에는 놀랄 만한 것이 있으며, 신문소설을 등한히 보는 나로서는 부끄러울 때가 많다. 그 대신, 나는 고전으로 그를 이기며, 그의 지식에 그 무엇을 첨가하여 줌을 기뻐한다.

소설책이라고 해도 내가 쓴 것은 초라하니 훌륭한 책 — 가령, 해외의 것이라면 맨스필드(Katherine Mansfield, 영국의 여류 소설가이자 비평가)의 단편집쯤이 적당할 듯하다. 이와나미(岩波, 일본의 출판사) 판쯤으로는 체재(體裁, 형식)가 너무도 빈약하니 좀 더 고가의 호화판이나 나오면 한 부 보내리라.

맨스필드의 단편집은 확실히 B씨의 시골 살림에 윤택과 위안을 줄 것이며, 특히 《행복》 같은 걸작은 정말 추천하고 싶은 작품이다. 물론 그 내용보다도 예술적 향기를 그에게 전해주고 싶다.

남편 해리와 미스 펄튼, 아내 영과 에디 워렌 두 쌍의 미묘한 관계를 나는 즐기지 않는다. 다만, 해리와 영 부부의 행복스러운 가정적 윤곽 — 집 뜰 앞에 서 있는 한 그루의 만발한 배꽃으로 상징되는 아내의 행복감 — 그것이 그에게 들려주고 싶은 주제이다.

사실 배꽃이라는 것이 그렇게 아름다운 것임을 나는 이 작품을 통해 처음 알았고, 그것의 행복감이 이 작품처럼 여실하게 울린 적은 없다.

"…… 저쪽 담을 향해 한 포기의 밋밋한 배나무가 가지가지에 그득 꽃을 달고 있었다. 마치 구슬같이 푸른 하늘에 고요하고 화려하게 뻗쳐 있다. 아직 피지 않은 봉오리가 한 개나 있을까. 시들어 버린 송이가 한 송이나 있을까— 한창 깨끗하고 흐붓하게(넉넉하고 푸근하게) 활짝 피어 있는 것이 멀리 서 있는 버어더에게 완연히 보였다……"

"…… 그 나무는 고요하게 그러나 타는 촛불의 불꽃처럼 하늘로 뻗쳐 아름답게 떨리고 있다. 또 그것을 보는 동안 자꾸만 높아져서 금방 하늘 위의 둥근 달에 채일 듯하다."

봉실거리는(소리 없이 조금 입을 벌리고 예쁘장하게 자꾸 웃음) 꽃송이가 바로 행복감 그것이다. 사과꽃과는 달리 배꽃은 전체가 희다는 점에서 작가의 특별한 의도와 암시가 있지 않나 생각한다. 만발했을 때의 사과꽃이라는 것도 물론 아름다운 것이기는 하나, 지금까지는 사과꽃의 아름다움만이 눈에 띄고, 배꽃의 아름다움을 등한시한 것은 대체 어찌된 사연인지 모를 일이다. 어떻든 나는 배꽃을 맨스필드의 단편에서 처음으로 발견한 셈이다.

하기야, 이곳의 젊은 시인 중에도 배꽃을 노래한 이가 있었다. 그의 시구(詩句)가 나의 배꽃에 관한 인상을 도와주었던 것도 어느 정도 사실이다.

돌배꽃 필 때면 뻐꾸기 울고
뻐꾸기 울면 하늘이 파아랗나니
배나무 그늘이 가슴에 푸르고
연두색 잎새 햇볕에 손뼉 치고
우거진 가지마다 짝 펴진 가지마다 웃음 또 웃음……

* 채롱(綵籠) - '아름다운 색깔로 꾸민 바구니'라는 뜻으로 다양한 이야기를 담았음을 말함.

#30

/

수선화

— 이효석, 1939년 1월《여성》

내가 만약 신화 속의 미장부(美丈夫) 나르시스였다면 반드시 물의 요정 에코의 사랑을 물리치지 않았으리라. 에코는 비련에 여위고 말라 목소리만 남았다. 그 벌로 나르시스는 물속에 비치는 자기 그림자를 물의 요정으로만 여기고 연모하고 초려하다가 물속에 빠져 수선화로 화하지 않았던가. 애초에 에코의 사랑을 받았던들 수선은 세상에 태어나지 않았을 것이다.

이른 봄에 피는 꽃으로 수선화에 미치는 게 없다. 그러나 그 유래와 전신은 무척 슬픈 꽃이다. 애잔한 꽃판(꽃의 가운데 부분)과 줄기와 잎새에 비극의 전설이 새겨져 있지 않은가.

이왕 꽃으로 태어나려거든 왜 같은 빛깔의 백합이나 그렇지 않거든 장미로 태어나지 못하고 하필 수선이 되었을까. 쓸쓸하고, 조촐하고, 겸손

한 모양. 기껏해야 창 기슭 화병이나 백화점 지하실 꽃가게에서 볼 수 있지만, 그 어느 때 본들 화려하고 찬란한 때 있으리. 언제나 외롭고 적막한 자태. 서구의 시인들처럼 벌판에 만발한 흐붓한 광경을 보지는 못했으나 그 역시 그 빛깔, 그 자태로는 번화하고 명랑할 리 없다.

원래가 슬프게 태어난 꽃이라서 시인들은 자꾸 슬프게만 노래한다. 그래서 수선은 자꾸자꾸 슬픈 꽃으로만 변해간다.

어릴 때 벌판에서 수선화를 뜯고 놀던 마이켈과 라이온은 성장 후 메리라는 소녀로 인해 수선화 핀 그 벌판에서 드디어 사생(死生)을 결여하려다가 두 사람 다 자멸하고 만다. 슬픈 노래 중에서도 이 〈수선화 피는 벌판〉처럼 슬픈 시도 드물다. 수선화 자신의 허물이기는 하나 슬픈 인상만을 더해가는 데는 이런 시인의 죄 또한 큰 것 아닐까.

사랑하는 사람에게 보낼 양으로 수선화 묶음을 사 들고 나서는 소녀처럼 가엾은 소녀는 없을 것이며, 병들어 누워 있는 그리운 사람에게 수선화 분(盆)을 선물하는 사람처럼 어리석은 사람은 없다. 같은 값이면 백합이나 장미, 프리지어를 선물함이 옳기 때문이다. 하필 수선을 고를 필요는 없는 것이다.

백화점 지하실에서 운명의 유래에 떨면서 뉘 손을 거쳐 뉘 방으로 가게 될까를 염려하고 있을 수선화 묶음을 상상해보라. 자기 신세가 애처롭기는 하지만 굳이 비극을 사갈 사람은 없을 법하다.

다행히 아직 수선의 선물을 보낸 적도 받은 적도 없다. 하지만 만일 앞으로 받게 된다면 신경의 관념에 사로잡히지 않을까 두렵다. 언젠가 오랜 병석에 누워 있을 때 시네라리아 분을 선물한 이가 있었다. 나중에 이 이야기를 듣고 병석에 꽃은 대기(待機, 때나 기회를 기다림)라고 펄쩍 뛴 친구가 있었으나, 시네라리아 화분은 수선화 묶음보다는 그래도 낫지 않을까 생각한다.

세상의 젊은 남녀들이여, 수선화 선물을 삼갈 것이다. 스스로 비극을 즐기고 전설의 환영을 사랑하는 이는 예외이지만.

슬픈 병에다 수선화를 꽂아 놓고 차이콥스키의 〈파세틱〉을 들으며 멸망의 환상에 잠기는 것은 비참한 아름다움이다. 수선화는 그 순간 필요한 용(用)인 것이며, 그 순간 빛나는 꽃이 아닐까.

#31

마음에 남는 풍경

— 이효석, 1936년 7월《조선문학》

삼월 풍경같이 초라한 것은 없다. 아직 봄도 아니요, 그렇다고 겨울도 아닌 반지빠른(말이나 행동 따위가 어수룩한 맛이 없이 얄미울 정도로 민첩하고 약삭빠름) 시절이다. 풀이 나고, 꽃이 필 때도 아직 멀고, 나뭇가지의 흰 눈은 알뜰히 사라져 버렸고, 이것도 아니고 저것도 아닌 반지빠른 풍경이 눈앞에 있을 뿐이다. 그러나 초라한 가운데 한 가지 아름다운 것이 있으니 하얀(白楊) 나무의 자태다.

아침 일찍 출근하는 날이면 나는 대개 신문실 창기슭에 의지하여 수난로(水煖爐, 증기나 온수의 열을 발산하여 공기를 따뜻하게 하는 난방 장치)에 배를 대고 행길 건너편 언덕 위의 백양나무 무리를 바라봄이 일쑤다. 희고, 깨끗하고, 고결한 그 자태는 아무리 바라보아도 싫어지지 않는다. 그 무슨 그윽한 향기가 은은히 흘러오는 듯도 한 맑은 기품이 보인다.

나무치고 백화(白樺)나 백양만큼 아름다운 나무는 없을 법하다. 이 두 가지 나무를 수북이 심어 놓은 넓은 정원을 가진 집에 살아 보았으면 하는 것이 소원이다. 그러니 아직 원대로 못되니 학교 창으로나 맞은편 풍경을 실컷 바라보자는 심정이다.

요 며칠째 백양나무 아래편 행길(사람이 많이 다니는 큰 길) 위를 낯설은 행렬이 아침마다 지나간다. 불그칙칙한 옷을 입고 사오 명씩 떼를 지어 벽돌 실은 차를 끌고 어디론지 가는 형무소의 한 패다. 아마도 형무소 안의 작업으로서 구운 벽돌을 주문받아 소용(所用, 쓸 곳)되는 장소까지 배달해가는 것인 듯하다. 한 줄에 매인 그들이건만 걸음들이 몹시 빨라서 구르는 수레와 함께 거의 뛰어가는 시늉이다.

행렬은 길고, 바퀴 소리는 아침거리에 요란하다. 군데군데 끼어 바쁘게 걷는 간수(교도관)들은 수레를 모는 주인이 아니요, 도리어 수레에게 끌리는 허수아비인 셈이다. 그렇게도 종종걸음으로 그 바쁜 일행을 부지런히 좇아가지 않으면 안 되는 듯이 보인다.

그때부터 아침마다 그 시각이면 그곳에는 그 긴 행렬이 변함없이 같은 모양으로 펼치곤 하였다. 그런데 하루아침, 돌연히 그 행렬에 변조(變潮, 변화)가 생겼다. 구르는 수레 바로 뒤에 섰던 동행 한사람이 어찌된 서슬인지 별안간 걸어가던 그 자리에 푹삭 고꾸라지는 것이 멀리 바라보였다. 창에 의지하였던 나는 무슨 영문인가 하고 뜨끔하여서 나는 모르는 결에 고개를 창밖으로 내밀었다. 그가 고꾸라졌을 때, 간수는 미처 일어나지도 못하고, 그는 쓰러진 채 그대로 수레에게 끌려 한참 동안이나 쓸려 갔다. 아마도 몸이 처음부터 수레에 매어져 있었던 모양이다.

이상한 것은 곁에 서 있던 간수가 끌려가는 그를 좇아 재빠르게 달려가는 것이었다. 그 시늉은 마치 쓰러진 사람을 거들어 일으키려는 것 같았다. 그러나 어찌된 서슬인지 쓰러졌던 사람이 별안간 벌떡 일어나서 여전한 자태로 수레를 따라가는 것이다. 그러자 간수는 또다시 그의 곁에 가까이 섰다.

변이라는 것은 그것뿐이었다. 그러나 이 삽시간의 조그만 사건은 웬일인지 마음속에 깊이 박혀 사라지지 않았다.

이상한 것은 쓰러진 사람과 간수와의 관계다. 간수의 조급한 거동이 단순히 쓰러진 사람을 일으키자는 것이었는지, 그렇지 않으면 도리어 그를 문책하자는 것이었는지, 그것도 아니면 당초에 그가 쓰러지게 된 것조차도 실상인즉, 간수의 문초 탓이 아니었는지 도무지 알바 없기 때문이다.

의아하고 있는 동안, 어느 결에 행렬은 시야의 범위를 벌써 지나가 버렸다. 참으로 이상한 한 폭의 풍경이었다. 어찌된 동기의 사건인지 그 까닭을 모르겠음으로 말미암아, 그 풍경은 한층 더 신비함을 더하여 가고 수수께끼를 던져준다. 아무리 생각해도 곡절 모를 노릇이다.

그 조그만 풍경이 오래도록 마음속에 남아 쉽사리 꺼지지 않는 까닭이다.

#32

/

보험 없는 화재

— 이 상, 1936년 3월《매일신보》〈조춘점묘〉 1화

격장(隔墻)에서 불이 났다. 흐린 하늘에 눈발이 성기게 날리면서 화염은 오적어(烏賊魚, 오징어) 모양으로 덩어리 먹을 펵펵 토한다. 많은 약품을 취급하는 큰 공장이란다. 거대한 불더미 속에서는 간헐적으로 재채기하듯이 색다른 연기 뭉텅이가 내뿜긴다. 약품이 폭발하나 보다.

역(亦, 또한) 송구스러운 말이나 불구경 싫어하는 사람은 없는 것 같다. 뒤꼍으로 돌아가서 팔짱을 끼고 서서 턱살 밑으로 달려드는 화광(火光, 불빛)을 쳐다보고 서 있자니, 얼굴이 후끈후끈해 들어오는 것이 꽤 할 만하다. 잠시 황홀한 엑스타제 속에 놀아본다.

불을 붙여놓고 보니까 뜻밖에 너무도 엉성한 그 공장 바라크(Barrack, 가건물)는 삽시간에 불길에 휘감겨 버렸다. 그 휘말린 혓바닥이 인접한 게딱지 같은 빈민굴을 향해 널름거리기 시작해서야 겨우 소방대가 달려

왔다. 인제 정말 재미있다, 삼방(三方)으로 호—스를 들이대고는 빈민굴 지붕 위에 올라서서 야단들이다. 하릴없이 깝친다(신이 나서 몸이나 몸 일부를 자꾸 방정맞게 움직임).

이만큼 떨어져서 얼굴이 뜨거워 못 견디겠으니 거친 화염 속에 들어서다시피 바싹 다가선 소방대는 어지간하다면서 여전히 점점 더 사나워지는 훈훈한 불길을 쬐고 있자니까, 인제는 게서(거기서) 더는 못 견디겠는지 호—스 꼭지를 쥔 채 지붕에서 뛰어 내려온다. 그러면 그렇지, 하고 그 실오라기만도 못한 물줄기를 업신여기자니까, 이번에는 호—스를 화염 쪽에서 돌려서 잇닿은 빈민굴을 막 축이기 시작한다. 이미 화염에 굴뚝 빨래 널어놓은 장대를 그슬리기 시작한 집들은 세간 기명(器皿, 살림살이에 쓰는 여러 가지 기구)을 끌어내느라 허겁지겁 야단법석이더니, 결국 헐어내기 시작한다.

타는 것에서 손을 떼고, 성한 집을 헐어내는 이유는 심한 서북풍에 화염의 진로를 차단하자는 속셈일 것이다. 그러나 아직 불은 붙지도 않았는데 덮어놓고, 헐리고, 물을 끼얹고 해서 세간 기명을 그냥 엉망으로 만들어버렸다. 빈민굴 주민들로 보면 이보다 더 억울한 일은 없을 것이다.

하도(아주, 몹시) 들이 몰리고 내몰리면서 좁은 골목 안에서 복작(많은 사람이 좁은 곳에 모여 수선스럽게 들끓는 모양)질을 치기에 좀 내다보니까 삼층장 · 의걸이(위는 옷을 걸 수 있고, 아래는 반닫이로 된 장) · 양푼 · 납세 독촉장 · 바이올린 · 여우 목도리 · 다 해진 돗자리 · 단장 스파이크 · 구두 · 구공탄 · 풍로 등 이따위 나부랭이가 장이 서다시피 내쌓였다. 그중 이부자리는 물벼락을 맞아서 이미 결딴난 것이 보기에도 사납다.

그제야 여기까지 타들어 오려나보다 하고 선뜩 겁이 난다. 그래, 집으로 얼른 들어가 보니 어머니가 덜—덜— 떨면서 때 묻은 이불 보퉁이를 뭉쳤다 끌렀다 하면서 갈팡질팡하신다. 문득, 코웃음이 나오는 것을 참으면서 — 그건 그렇게 싸서 어디다 내놓을 작정이십니까? — 하고 묻는다. 생각해보면, 남의 셋방 신세니 불에 다 탄대야 집 한 채 탄 것의 몇 분의 일도 못되리라.

불길은 인제 서향 유리창에 환—하다. 타려나 보다. 타면 탔지 하는 일종 비유하기 어려운 허무한 생각에서 다시 뒤꼍으로 돌아가서 불구경을 계속한다.

그동안에도 만일 불이 정말 이 일대를 소진하고야 말 작정이라면 제일 먼저 꺼내 와야 할 것이 무엇일까를 생각하여 보았다. 그러나 아무것도 선뜻 떠오르는 게 없다. 그럼, 다 타도 좋다는 심리인가. 아마 그런 게다.

어머니는 그 다 떨어진 포대기와 빈대로 들끓는 반닫이(앞의 위쪽 절반이 문짝으로 되어 아래로 젖혀 여닫게 된, 궤 모양의 가구)가 무한히 아까운 모양이다. 또 저 걸레 나부랭이를 길에 내놓았다가 그것들을 줄레줄레 들고 찾아갈 곳이 있나, 그것도 생각해봤으나 그 역시 없다. 일가 혹은 친구 — 내 한 몸뚱이 같으면 몰라도 이 때 묻은 가족을 일시에 말없이 수용해줄 곳은 암만해도 없는 것이다.

불행히 불은 예까지 오기 전에 꺼졌다. 그 좋은 불구경이 너무 하잘것

없이 끝난 것도 섭섭했지만, 그와 달리 무엇이라고 형언할 수 없는 적막을 느꼈다.

듣자니, 공장은 화재보험을 든 덕분에 일 파운드짜리 알코올 병 하나 꺼내 놓지 않고도 수만 원의 보상을 받으리라고 한다. 화재보험—참 이것은, 어떤 종류의 고마운 하느님보다도 훨씬 더 고마운 하느님이 틀림없다.

어머니는 어찌 되든지 간에 그때 마음 같아서는 "빌어먹을! 몽땅 다 타 버리지" 하고 실없이 심술이 났다. 재산도 걸레 조각도 없는 알몸뚱이가 한번 되어 보고 싶었던 게다. 물론 '화재보험 하느님'이 내게 아무런 보상도 줄 바는 아니지만…….

* 조춘점묘(早春點描) - '이른 봄에 도회의 풍경을 내려다보며 생각한 것을 그림처럼 표현한 것'을 말하는 것으로, 1936년 3월 3일~26일 《매일신보》에 총 7회에 걸쳐 연재 됨.

#33

공지(空地)에서

— 이 상, 1936년 3월《매일신보》〈조춘점묘〉4화

얼음이 아직 풀리기 전 어느 날, 덕수궁 마당에 혼자 서 있었다. 마른 잔디 위에 날이 따뜻하면 여기저기 쌍쌍이 벌려 놓일 사람 더미가 이날은 그림자도 안 보인다. 이렇게 넓은 마당을 텅 비워두는 뜻을 알 길이 없다.

땅이 심심할 것 같다. 땅도 인제는 초목(草木)이 우거지고, 기암괴석이 배치되는 데만 만족해하지 않을 것이다. 차라리 초목이 없고, 괴석이 없더라도, 집이 서고, 집 속에 사람들이 북적북적하고, 또 집과 집 사이에 참 아끼고 아껴서 남겨놓은 가늘고, 길고, 요리 휘고, 조리 휜 얼마간의 지면(地面) — 즉, 길에는 늘 구두 신은 남녀가 뚜걱뚜걱(뚜벅뚜벅) 오고 가고, 여러 가지 차량이 굴러가고 하기를 희망할 것이다. 이렇게 땅의 성격도, 기호도 변하였을 것이다.

그래, 이건 아마 겨울 동안 인마(人馬, 사람과 말)의 통행을 엄금(嚴禁,

엄하게 금지함)해놓은 각별한 땅이 아닌가 하고, 대단히 겸연쩍어서 부리나케 대한문으로 내달으려니까, 하늘에 소리가 있으니 사람의 소리로다.—그러나 역시 잔디밭 위에는 아무도 없고, 지난가을에 해뜨리고(버리고) 간 캐러멜 싸개가 바람에 이리 날고 저리 날고 할 뿐이다.

그러나 다음 순간, 반드시 덕수궁에 적을 둔 금리(金鯉, 비단잉어) 떼나 놀아야 할 연못 속에 겨울 차림을 한 남녀가 무수히 헤어져 놀고 있는 것이 눈에 띄었다. 하나도 육지에 올라선 이가 없이 말짱 그 손바닥만 한 연못에 들어서서는 스마트한 스케이팅을 즐기는 것이 아닌가.

요컨대, 새로 발견된 공지로군—하고 경이의 눈을 옮길 길이 없어 가까이 다가서서는 새로 점령된 미끈미끈한 공지를 조심성스러이(조심스럽게) 좀 들여다보았다. 그러나 금리어 떼는 다 어디로 쫓겨 갔을까. 어족은 냉혈동물이라더니, 물이 얼어도 밑바닥까지만 얼지 않으면 그 얼음장 밑 냉수 속에서 족히 살아갈 수 있다는 것인가. 그러나 그 예리한 스케이트 날로 너무 걸커(긁어) 밀어 놓아서 얼음은 영 불투명하다. 투명만 하면 불그스레한 금리어 꽁지가 더러 들여다보이기도 하련만.—여하간 이 손바닥만 한 연못이 깊으면 얼마나 깊을까.—바닥까지 다 꽝꽝 얼었다면 어족은 일거에 몰사하였을 것이고, 얼음장 밑에 물이 흐르고 있다면 이 까닭 모를 소요(騷擾, 소란)에 얼마나 골치를 앓을까. 그러나 이 신기한 공지를 즐기기 위해서 그들은 어족의 두통 같은 것쯤은 가산하지 않았을 것이다.

그날 황혼 천하에 공지 없음을 한탄하며 뉘 집 이 층에서 저물어가는 도회를 내려다보고 있었다. 그때 실로 덕수궁 연못 같은, 날만 따뜻해지면 제 출몰에 해소될 엉성한 공지와는 비교도 안 되는 매우 훌륭한 공지를 하나 발견하였다.

○○ 보험회사 신축용지라고 대서특필한 높다란 판장(板墻, 널빤지)으로 둘러막은 목산(目算, 눈어림) 범(凡) 천 평 이상의 명실상부 공지가 아닌가. 잡초가 우거졌다가 우거진 채 말라서 일면이 세피아 빛으로 덮인 실로 황량한 공지였다. 입추의 여지가 가히 없는 이 대도시 한복판에 이런 인외경(人外境, 사람이 살지 않는 곳. 즉, 속세를 떠난 곳)의 감을 풍기는 적지 않은 공지가 있다는 것은 기적이 아닐 수 없다.

인마(人馬)의 발자취가 끊긴 지—아니, 그건 또 처음부터 없었는지도 모르지만—오랜 이 공지에는 강아지 서너 마리가 모여 석양의 그림자를 끌고 희롱한다.

정말 공지—참말이지 이 세상에는 이제 공지라고는 없다. 아스팔트를 깐 뻔질한(뻰지르르한) 길도 공지가 아니다. 질펀한 논밭, 임야, 석산, 모두 아무개의 소유답(所有畓)이요, 아무개 소유의 산(산림)이요, 아무개 소유의 광산인 것이다.

생각하면, 들에 나는 풀 한 포기가 공지에 뿌리를 내리지 못한다. 이치대로 하자면 우리는 소유자의 허락이 없이 일 보의 반보를 어찌 옮겨 놓으리오.

오늘 우리가 제법 교외로 산책을 할 수 있는 것은 아직도 세상인심이 좋아서 모두 묵허(默許, 모르는 체 내버려 둠으로써 슬며시 허락함)해주기 때문에 향유할 수 있는 치사(侈奢)다.

하나도 공지가 없는 이 세상에, 어디로 갈까 하던 차에 이런 공지다운 공지를 발견하고, 저기 가서 두 다리 쭉 뻗고 누워서 담배나 한 대 피웠으면 하고 나서 또 생각해보니까, 이것도 역(亦, 또한) ○○ 보험회사가 이윤을 기다리고 있는 건조물임을 깨달았다. 다만, 이 건조물은 콘크리트로 여러 층을 쌓아 올린 것과 달리, 잡초가 우거진 형태를 하고 있을 뿐인 것이다.

봄이 왔다. 가난한 방 안에 왜(倭) 꽈리 분(盆) 하나가 철을 찾아서 요리조리 싹이 튼다. 그 닷곱 한 되도 안 되는 흙 위에다가 늘 잉크병을 올려놓곤 하다가 싹 트는 것을 보고 잉크병을 치우고, 겨우내 그대로 두었던 낙엽을 거두고 맑은 물을 한 주발 주었다. 그리고 천하에 공지라곤 요 분 안에 놓인 땅 한 군데밖에는 없다며 좋아하였다. 그러나 두 다리를 뻗고 누워서 담배를 피우기에는 이 동글납작한 공지는 너무 좁다.

#34

도회의 인심

— 이 상, 1936년 3월《매일신보》〈조춘점묘〉5화

도회의 인심(人心)이란 어느 만큼이나 박(薄, 마음 씀이나 태도가 너그럽지 못하고 쌀쌀함)해지려는지 알 길이 없다.

이런 이야기를 들은 일이 있다. 상해(上海)에서는 기아(棄兒, 아이를 몰래 내다 버리는 일)를—그것도 보통 죽은 것을—흔히 쓰레기통에다 한다고 한다. 새벽이면 쓰레기를 치우는 인부가 와서는 휘파람을 불어가며 쓰레기를 치우는데, 그는 이 흉악한 기아를 보고도 별반 놀라지 않을 뿐만 아니라 그 애총(어린아이의 무덤)을 이리 비켜놓고 저리 비켜놓고 해서 쓰레기만 치운 뒤 잠자코 돌아간다는 것이다. 요컨대, 기아야 뭐 그리 이상하랴. 다만, 이것은 쓰레기는 아니니, 내가 치우지 않을 따름이요, 어떻게 되건 나와는 상관없다—이 뜻이다.

설마 했지만, 또 생각해보면 있을 법도 한 일이다. 참 도회의 인심은 어느 만큼이나 박하고 말려는지 종잡을 수 없다.

이 나가야(연립주택)로 이사 온 지도 벌써 돌(일 년)이 가까워져 오나 보다. 같은 들보 한 지붕 밑에 쭈욱—칸칸이 산다. 박서방, 김씨, 이상, 최 주사……. 이렇게 크고 작은 문패가 칸칸이 붙어있다. 그러나 그들은 서로 사귀지 않는다. 그중에서도 직업은 서로 절대 비밀이다. 남편 혹은 나 같은 아내 없는 장성한 아들들은 앞문으로 드나든다. 그러나 아내 혹은 말만 한 누이동생들은 뒷문으로 드나든다.

남편은 아침 혹 낮에 나가면 대개 저녁 혹은 밤에나 들어온다. 그러나 아낙네들은 집에 있다. 저녁때가 되면 자연 쌀을 씻어야 하니 수도(水道)로 모여든다. 모여들면 남자들처럼 서로 꺼리고, 기피하지 않고, 곧잘 언어 노출증을 나타낸다. 그래서는 잠자코 있었으면 모를 이야기, 안 해도 좋을 이야기, 흉아잡이(다른 사람을 흉보는 일) 무릎맞춤이 시작되어서 가끔 여류 무용전(武勇傳, 무용담)을 만들기도 한다. 그리하여 힘써 감추는 남편 씨의 직업도 탄로가 나서 바깥양반의 자존심을 여지없이 분쇄하고 마는 것이다. 그러나 기압은 대체로 봐 무풍 상태다.

우리 집 변소 유리창에 똑바로 보이는 제2열 나가야 ○호 칸에 들은 젊은 세대는 작하(昨夏, 지난해 여름) 이래 내외 싸움이 끊일 새가 없더니, 가을에 들어서자 추풍낙엽과 같이 남편이 남편 직에서 떨어졌다. 부인은 ○○카페 화형(花形, 얼굴 마담) 여급이라는 것이다. '메리 위도(Merry widow, 이혼녀)'가 된 '화형'은 남편을 경질하기에는 환경의 이롭지 못함을 깨달았는지 결국 떠나버렸다.

지금 그 칸은 빈 채다. 물론 이사를 하는 경우에도 이웃에 인사를 하는 수고스러운 미덕은 이 나가야 규정에 없다. 그 바로 이웃 칸에 든 젊은이의 감상담에 의하면, 앓던 이가 빠진 것 같단다.— 왜냐하면, 그 풍기를 문란케 하는 종류의 레코드 소리를 더는 안 듣게 되었기 때문이다.

그 이웃에 사는 지방분(脂肪分)이 아주 잘 침착(沈着, 밑으로 가라앉아 들러붙음)된 젊은이는 젖먹이를 잃어버렸다. 그와 함께 그 죽은 아이 체중보다도 훨씬 더 많을 지방분도 깨끗이 잃어버렸다. 그러나 그 어린 애를 위해서나, 애어머니 지방분을 위해서나 부의 한 푼 있을 리 없다. 나도 훨씬 뒤에야 알았으니까—

날이 매우 추워지자, 우리 바로 격장(隔墻, 담 하나를 사이에 두고 이웃함)에 사남매로 조직된 가족이 이사왔다. B전문학교에 다니는 오빠가 한 쌍, W여고보에 다니는 매씨(妹氏, 남의 손아래 누이를 높여 이르는 말)가 한 쌍 — 매양(번번이) 석각(夕刻, 저녁때)이면 혼성 사중창 유행가가 우리 아버지의 완고한 사상을 괴롭힌다고 한다. 그렇건만 나는 한 번도 그 오빠들을 본 일이 없고, 누이 역시 한 번도 그 매씨들과 말을 나눠 본 일이 없다.

정월에 반대편 이웃집에서 흰떡을 했다. 한 가락 주겠지 했더니, 과연 한 가락도 안 준다. 우리는 지짐이만 부쳤다. 좀 줄까 하다가 흰떡 한 가락 안 주는 걸 뭘! 하고 혼자 먹었다. 사남매 집은 원래 계산에 넣지 않은 이유가 그믐날 밤까지도 아무것도 부치지도 지지지도 않았기 때문이다. 그것은 흰떡과 지짐이를 그 이웃집에 기대하고 있는 수작이 아닌가도 싶었다. 그래서 미웠고, 계산에도 넣지 않았다. 물론 이것은 내 오해인지도 모르지만—

해토(解土, 겨우내 얼었던 땅이 봄이 되어 녹아서 풀림)되면서 막다른 칸에 든 젊은이가 본처에서 일약 첩으로 실격한 사건이 생겼다. 그러나 아무도 그 젊은이를 동정하지 않고, 그 남편이 배불뚝이라고 험담만 실컷 하다가 나자빠졌다. 그리고 우리 집에는 나날이 찾아오는 빚쟁이의 수효가 늘어가기 시작했다. 그러다가 건물회사에서 집달리(執達吏, 집행관)를 데리고 나와 세간 기명 등속(等屬, 나열한 사물과 같은 종류의 것들을 몰아서 이르는 말)에다가 딱지를 붙이고 갔다. 집세가 너무 많이 밀렸다는 이유다. 이런 뒤법석(여럿이 몹시 소란스럽게 떠듦)이 일어난 것을 사남매는 모두 학교에 갔으니 알 길이 없고, 이쪽 이웃 역(亦, 또한) 어느 장님이 눈을 떴나 하는 식이다. 차라리, 나는 다행이라고 생각하였다. 동네방네가 죄다 알고 야단을 치면 더 창피하니.

"이리 오너라!"

"누굴 찾으시오?"

"여기가 ○씨 집이오?"

"아뇨!"

"그럼, 어디요?"

"그걸 내가 아오."

하는, 문답이 우리 집 문간에서 있나 싶더니, 아버지 말씀이

"알아도 안 가르쳐 주는 게 옳아!"

"왜요?"

"아, 빚쟁일 것이 분명하니, 그거 남 못 할 노릇 아니냐!"

라고 하신다.

도회의 인심은 대체 얼마나 박하고 말려고 이러나—

#35

서망율도(西望栗島)

— 이 상, 1936년 3월《조광》

삼동(三冬, 겨울의 석 달. 즉, 한겨울)에 배꽃이 피었다는 동네에는 마른 나무에 까마귀가 간수처럼 앉아 있을 뿐이었다.

비탈에서는 적톳빛 죄수들이 적토를 헐어 낸다. 느끼하니 냄새를 풍기는 진창길에 발만 성가시게 적시고 그만 갈 바를 잃었다.

강으로나 가볼까. 울면서 수채화를 그리던 바위 위에서 나는 도(度, 도수) 없는 안경알을 닦았다. 바위 아래 갈피를 잡지 못하는 3월 강물이 충충하다. 시원찮은 별이 들었다 났다 하는 밤섬을 서(西)에 두고 역청(瀝青, 흑갈색)을 풀어 놓은 것 같은 물결을 나는 몇 번이나 몇 번이나 내려다보았다.

향방(鄕邦)의 풍토는 모발 같아

건드리면 새빨개진다.

갯가(물가의 가장자리)에서 짐 푸는 소리가 한가하다. 개흙 묻은 장작더미 곁에서 낮닭이 겨웁고, 배들은 다 돛폭을 내렸다. 벌써 내려놓은 빨랫방망이 소리가 얼마 만에야 그도 등 뒤에서 들려왔다. 나는 별안간 사람이 그리워졌다.

갯가에서 한 집 목로(木壚, 널빤지로 좁고 기다랗게 만든 상을 놓고 술을 파는 선술집)를 들렀다. 손(손님)이 없다.

무명조개 껍데기가 너덧 석쇠 놓인 화롯가에 헤뜨려져(쌓이거나 모인 물건이 흩어 짐) 있을 뿐. 목로 뒷방에서 아주머니가 인사 없이 나온다. 손 베어질 것 같은 소복에 반지는 끼지 않았다.

얼큰한 달래 나물에 한 잔 술을 마시며 나는 목로 위에 싸늘한 성모(聖母)를 느꼈다. 아픈 혈족의 '저(아픔 또는 슬픔)'를 느꼈다.

향방의 풍토는
모발 같아
건드리면
새빨개진다.

그러고 나서는
혈족이 저물도록
내 아픈 데가 닿아서

부드러운 구두 속에서도

일마다 아리다.

밤섬이 싹을 틔우려나 보다. 걸핏하면 빰 얻어맞는 눈에 강 건너 일판이 그냥 노오랗게 헝클어져서는 흐늑흐늑(나뭇가지나 머리카락 따위의 얇고 긴 물체가 자꾸 느리고 부드럽게 흔들리는 모양)해 보인다.

#36

담요

— 최서해, 1926년 5월 《조선문단》 16호

나는 이 글을 쓰려고 종이를 펴놓고 붓을 들 때까지도 '담요'란 생각은 털끝만치도 하지 않았다. 꽃 이야기를 써볼까, 요새 내 살림살이 꼴을 적어볼까, 이렇게 뒤숭숭한 생각을 거두지 못하다가, 일전에 누가 보내준 어떤 여자의 일기에서 몇 절 뽑아 적으려고 하였다. 그래, 그 일기를 찾아서 뒤적거려 보고 책상과 마주 앉아서 펜을 들었다. 그러나 '○○과 ○○'라는 제목을 붙여 놓고 몇 줄 내려쓰노라니, 딴딴한 장판에 복사뼈가 어떻게 박히는지 몸을 움직일 때마다 그놈이 따끔따끔해서 견딜 수 없고, 또 겨우 빨아 입은 흰옷이 까만 장판에 뭉개져서 걸레가 되는 것이 마음에 걸리었다.

따스한 봄볕이 비치고, 사지는 나른하여 졸음이 오는데, 이런 생각 저런 생각 신경이 들먹거리고, 게다가 복사뼈까지 따끔거리니 쓰려던 글도 써지지 않아 그대로 앉아 있을 수 없었다. 그렇다고 기일이 급한 글을 받아 놓고 가만히 있을 수도 없는 일이다.

나는 한 가지 계책을 생각하였다. 그것은 별게 아니라 담요를 깔고 앉아서 쓰는 것이었다. 담요야 그리 훌륭한 것도 아니요, 깨끗한 것도 아니지만, 그것이나마 깔고 앉으면 복사뼈도 따끔거리지 않을 것이요, 또 의복 역시 장판에 때가 덜 타게 될 것이라고 생각했기 때문이다.

이불 위에 접어놓은 담요를 내려서 네 번 접어서 깔고 보니, 너무 넓고 얇어서 마음에 들지 않았다. 다시 펴서 세로로 세 번 접고 가로로 세 번 접었다. 이렇게 좁혀서 여섯 번을 접었을 때, 언뜻 머릿속에 떠오르는 생각과도 같이 눈앞을 슬쩍 지나가는 그림자가 있었다.

나는 담요 접던 손으로 찌르르한 가슴을 부둥켜안았다. 그렇게 멍하니 내려앉은 내 마음은, 때(時, 시간)라는 층계를 밟아 멀리멀리 옛적으로 달아났다. 나는 끝없이, 끝없이 달아나는 그 마음을 그대로 놓쳐버리기 너무 아쉬워 그대로 여기에 쓴다. 이것이 지금 '담요'라는 제목을 붙이게 된 동기다.

3년 전 내가 집을 떠나던 해 겨울, 나는 어떤 깊숙한 큰 절에 있었다. 홑고의적삼(윗도리에 입는 홑옷)을 입고 절의 큰 방구석에서 우두커니 쭈그리고 지낼 때 어머니가 부쳐준 '담요'였다. 그 담요가 오늘날까지 나를 싸주고, 덮어주고, 받혀주고 하여 한시도 내 몸을 떠나지 않고 있다. 나는 때때로 이 담요를 만질 때마다 느끼는 것이 있으니, 그것이 즉 이글에 나타나는 감정이다.

집을 떠나던 해였다.

나는 국경 어느 정거장에서 일하고 있었다. 그때는 그 일이 괴로웠지만, 지금 생각하면 그것이 오히려 사람다운 일이었을지도 모른다. 어머니와 아내가 있었고, 어린 딸까지 있어서 헐었거나, 성하거나, 철마다 깨끗이 빨아주는 옷을 입었고, 새벽부터 밤까지 일자리에서 껄떡거리다가, 집에서 지은 밥에 배를 불리고 편안히 쉬던 그때가, 바람에 불리는 감꽃 같은 오늘에 비기면 얼마나 행복이었던가 하고 생각해보는 때도 잦다. 더구나 어린 딸이 아침저녁 일자리에 따라와서 방긋방긋 웃어주던 기억은 지금도 새롭다.

그러나 그때도 풍족한 생활은 못 되었다. 그날 벌어서 그날 먹는 생활이었다. 그리되고 보니, 하루만 병으로 쉬어도 그 하루 양식값은 빚이 되었다. 당연히 잘 입지도 못하였다. 심지어 아내는 어디 나가려면 딸을 싸업을 포대기조차 변변한 것이 없었다.

그때 우리와 같이 이웃에 셋집을 얻어서 살던 K란 사람이 있었다. 그 사람도 나와 같이 정거장에서 일하고 있었는데, 그 부인은 우리 집에 놀러 올 때마다 세 살 난 어린 아들을 붉은 담요에 싸 업고 왔다.

K의 부인이 오면 우리 집은 어린애 싸움과 울음이 진동하였다. 그것은 내 딸과 K의 아들이 싸우고 우는 것이었다. 그 싸움과 울음의 실마리는 K의 아들을 싸 업고 온 '붉은 담요'로부터 풀리게 되었다.

K의 부인이 와서 그 담요를 풀고 어린것을 내려놓으면, 내 딸년은 어미 무릎에서 젖을 먹다가도 터벅터벅 달려가서 그 붉은 담요를 끄집어

오면서,

"엄마! 곱다, 고와!"

하고, 방긋방긋 웃었다. 그 웃음은 담요가 부럽다, 갖고 싶다, 나도 하나 사달라고 하는 듯하였다. 그러면 K의 아들은,

"이놈아, 남의 것을 왜 가져가니?"

하는 듯이 찡기고 달려들어서 그 담요를 뺏었다. 그러면 딸은 순순히 뺏기지 않고, 이를 악물고 힘써서 다시 잡아당긴다. 그렇게 서로 잡아당기고 밀치다가는 결국 서로 때리고 싸우게 된다.

처음 어린것들이 담요를 밀고 당기게 되면 어른들은 서로 마주 보고 웃게 된다. 그러나 어머니, 아내, 나, 이 세 사람의 웃음 속에는 알 수 없는 어색한 빛이 흘러서 극히 부자연스런 웃음이었다. K의 아내만이 상글상글(눈과 입을 귀엽게 움직이며 소리 없이 정답게 자꾸 웃는 모양) 재미있게 웃었다. 담요를 서로 잡아당길 때, 딸은 힘이 달리면 얼굴이 발개져서 어른들을 보고 비죽비죽 울려고 했다. 이는 도움을 청하는 것이었다. K의 아들 역시 마찬가지였다.

그러다가 서로 어울려서 싸우게 되면, 어른들 낯에 웃음이 스러진다.

"이 계집애, 남의 애를 왜 때리느냐?"

K의 아내는 낯빛이 파래져서 아들의 담요를 끄집어다가 얼른 싸 업는다. 그러면 내 아내도 낯빛이 푸르러서,

"울지 마라, 울지 마! 이다음에 아버지가 담요 사다 준단다."

하고, 딸을 끄집어다가 젖을 물린다. 그러나 딸의 울음은 좀처럼 그치

지 않았다.

"아니! 응, 흥!"

하고, 발버둥을 치면서 K의 아내가 어린것을 싸 업는 담요를 가리키면서 서럽게 서럽게 눈물을 흘린다. 이렇게 되면, 나는 차마 그것을 볼 수 없었다. 같은 처지에 있건만, K의 아내와 아들의 낯에는 우월감이 흐르는 것 같고, 우리는 그 가운데 접질리는 것 같은 것도 불쾌하지만, 어린것이 서너 살 나도록 포대기 하나 변변히 못 지어주는 것을 생각하면 가슴이 먹먹해졌다. 더욱이 그 어린것이 말도 잘할 줄 모르면서 담요를 손가락질하면서 우는 모습은 차마 눈으로 볼 수 없을 지경이었다.

그 며칠 후, 일 삯 전을 받아 집으로 가니, 아내가 수건으로 머리를 싼 딸을 안고 앉아서 쭉쭉 울고 있었다. 어머니는 그 옆에서 아무 말 없이 담배만 피우시고,

"○○(딸 이름), 머리가 터졌단다."

어머니가 금방이라도 울음이 터져 나올 것 같은 목소리로 말씀하셨다.

"예? 머리가 터지다니요?"

"K의 아들애가 담요를 만졌다고 인두로 때려……"

이번에는 아내가 울면서 말하였다.

나는 나조차 알 수 없는 힘에 이끌려 문 밖으로 뛰쳐나갔다. 그러자 어머니가 급히 쫓아 나오시면서,

"철없는 어린것들 싸움인데, 그걸 탓해서 뭐하누? 어른 싸움 될라."

하고, 나를 붙잡았다. 나는 그만 오도 가도 못 하고 가만히 서 있었다.

그때 나는 분한지 슬픈지 그저 멍한 것이 얼빠진 사람 같았다. 모든 감정이 점점 가라앉고, 비로소 내 의식이 돌아왔을 때, 내 눈은 눈물에 젖었고, 가슴은 미어지는 듯했다.

나는 그 길로 거리로 달려가 붉은 줄, 누런 줄, 푸른 줄이 간 담요를 4원 50전이나 주고 샀다. 무슨 힘으로 그렇게 달려가 그것을 샀는지 사서 돌아설 때는 양식 살 돈이 없어진 것을 알고 이마를 찡기는 동시에 '흥!'하고 냉소도 하였다.

내가 지금 깔고 앉아서 이 글을 쓰는 이 담요는 그래서 산 것이다.

담요를 사 들고 집에 들어서니, 어미 무릎에 앉아서,

"엄마, 아파! 여기 아파!"

하고, 머리를 가리키면서 울던 딸은 허둥허둥 달려와서 담요를 끌어안았다.

"엄마, 헤헤! 엄마, 곱다!"

그러고는 방방 뛸 듯이 좋아하며 웃는다. 그것을 보고 웃는 우리 셋—어머니, 아내, 나—는 소리 없는 눈물을 씻으면서 서로 쳐다보고 울었다.

아, 그때 찢기던 그 가슴! 지금도 그때를 생각하면 가슴이 찢긴다.

그런데 얼마 후 몹쓸 비바람이 우리 집을 무너뜨리고 말았다. 그래서 우리 가족은 동서로 갈리게 되었다. 어머니는 딸을 데리고 고향으로 가시고, 아내는 평안도로 가고, 나는 양주 어떤 절로 들어갔다. 내가 종적을 감추고 다니다가 절에 들어가서 어머니께 편지를 하였더니,

"추운 겨울을 어찌 지내느냐? 담요를 보내니 덮고 자거라, ○○(딸 이

름)가 항상 담요가 예쁘다고 다른 사람은 절대 못 만지게 하더니, "아버지께 보낸다."고 했더니, "할머니, 이거 아버지 덮어?" 하면서 군말 없이 내어놓는다. 어서 뜻을 이루어서 돌아오기를 바란다."

하는 편지와 함께 담요를 보내주시었다.

그것이 벌써 3년 전 일이다. 그 사이 담요의 주인공인 딸은 땅속에 묻힌 혼이 되었고, 늙은 어머니는 의지가지없이(의지할 만한 대상이 없음) 뒤쪽 나라 눈 속에서 헤매시고, 이 몸 또한 푸른 생각을 안고 끝없이 흐르니, 언제나 어머니 슬하에 뵐까?

봄뜻(봄이 오는 기운)이 깊은 이때, 유래가 깊은 담요를 손수 접어 깔고 앉으니, 무량한 감개가 가슴에 복받치어서 풀 방법이 망연하다(茫然——, 매우 넓고 멀어서 아득하다).

#37

눈 온 아침

— 이태준, 1930년 12월《신생》

어디서 이렇게 내렸을까요?

밤새도록 그 어두움 속에서 어찌 이렇게 흰 눈이 한 송이도 맞추지 않고 바르게 내려 쌓였을까.

바라볼수록 놀랍습니다.

고요히도 왔지요.

어디 마른 나뭇잎 하나 건드리는 소리가 있었습니까?

부끄러운 걸음처럼 고요히 고요히도 왔지요.

이 눈은 누구를 위해 왔을까요?

누가 받을 선물입니까?

이 눈을 움켜다 파는 사람은 없습니다. 왜 없습니까? 이 아름다운 눈의 임자는 왜 없습니까? 그리고 비(빗자루)를 들고나와 한번 서서 바라

보지도 않고 홱홱 쓸어버리는 사람을 금하지 않습니까.

아름다운 아침입니다.

아름다운 선물입니다.

여러 사람이 즐거운 듯이 지나갔습니다. 뚜벅뚜벅 지나갔습니다. 참새처럼 작은 발자국, 곰처럼 큰 발자국, 이리 가고 저리 가고 참 많이도 지나갔습니다. 지팡이를 끌로 간 사람도 있습니다.

모두 어디로 갔을까요?

그네들은 즐거운 길이었을까요?

슬픈 길이었을까요? 무엇을 생각하며 이 눈 위를 지나갔을까요? 찾아보면 눈에 묻힌 눈물방울이라도 없을까요?

아름다운 아침입니다.

얼마나 호사스러운 세상입니까.

나는 이날 아침만은 내가 아는 모든 길을 잊고 싶습니다. 그리고 날짐승 하나 지나지 않은 길 없는 새길을 걸어 멀리멀리 가고 싶습니다. 누군가 기다리고 있는 듯한 먼 곳, 정처 없는 곳으로 가고 싶습니다. 가다가 다시 돌아봐도 내 발자국이 부끄럽지 않게, 모든 욕심과 버릇을 잊고 쓸데없이 가는 한가한 길을 걷고 싶습니다. 마치 갇혔다가 풀려난 작은 새처럼 아무 데나 훨훨 날아가 보고 싶습니다.

아름다운 아침입니다.

#38

설중방란기(雪中訪蘭記)

— 이태준, 1936년《시와 소설》

소위 난(蘭)이라고 할 게 두어 분(盆) 있으나 기를 줄을 몰라 약된 데다 건란(建蘭, 난초과의 여러해살이풀. 여름에 엷은 적록색 또는 갈색 반점이 있는 누런 녹색 꽃이 십여 개 핀다)은 지난 9월에 꽃이 졌고, 사란(絲蘭, 잎이 가늘고 긴 난초)은 아직 부리가 어리기 때문인지 조석(朝夕)으로 들여다보나 화경(花莖, 꽃줄기)이 나오지 않는다. 잎만으로는 단조롭다. 꽃보다도 잎을 더 사랑하는 이가 있다고 하나, 우리 초연자(初戀者)에게는 먼저 꽃이요, 그 꽃이 떨치는 향기가 아쉽다.

일전에 누가 미쓰고시(三越, 지금의 신세계백화점 본점) 온실에서 난을 보았다기에 가 보니 사란과 풍세란(豊歲蘭, 새해 무렵 꽃이 피는 난) 몇 분(盆)이 나와 있었다. 대만산인 풍세란은 활엽수와 같이 잎이 번질번질하고, 바야흐로 화경이 고사리처럼 서너 대씩 솟아 있었다. 다른 난보다 아취(雅趣, 고아한 정취)는 적어 보이나 여름이 그리운 설중(雪中)에 여름을 다분히 품은 풍세는 마음을 몹시 끌었다. 그러나 마침 연말이라 내어 보내기만 한 내 주머니는 그것을 바라보기만 할 수밖에 없었다. 그 이튿날도 가 보고 또 그다음날도 가 보되, 꽃봉오리는 얼른 열리지 않았다. 그것을 보니 집으로 가져오고 싶었다.

"이 풍세란이란 것도 향기가 있습니까?"

"건란처럼 퍽 향기가 좋습니다."

점원은 그 윤택(潤澤, 윤기 있는 광택)한 잎을 쓰다듬어 보이기까지 했다.

그러나 며칠 뒤에 가 보니, 내가 사고 싶던 분은 이미 임자를 얻어 팔려 버리고 말았다. 우울하게 돌아온 수 3일 후이다.

지용(시인 정지용) 형에게서 편지가 왔다.

> 가람 선생께서 난초 꽃이 피었다고, 22일 저녁에 우리를 오라십니다.
>
> 모든 일을 제쳐놓고 오시오. 청향복욱(淸香馥郁, 짙고 맑은 향기가 가득함)한 망년회가 될 듯하니 즐겁지 않으리까.

과연 즐거운 편지였다. '동지섣달 꽃 본 듯이'라는 노래도 있거니와 이 영화 12도라는 엄설한(嚴雪寒, 눈이 내릴 정도의 매우 심한 추위) 속에 꽃이 피었으니 오라는 소식이었다.

그날 저녁, 나는 가람 댁에 제일 먼저 들어섰다. 미닫이를 열어주시기도 전인데, 어느덧 호흡 속에 훅 끼쳐 드는 향기가 있었다.

옛사람들이 문향십리(聞香十里, '맑은 향기가 십 리를 간다.'는 말)라 했으니, 방과 마당 사이에서 놀라는 자 — 어리석거니와, 대소(大小) 십수 분 중 제일 어린 사란이 피인 것이요, 그도 단지 세 송이가 핀 것이 그러하였다. 난의 본격이란 일경일화(一莖一花, 하나의 줄기에 하나의 꽃이 핌)로, 다리를 움츠리고 막 날아오르는 나나니(벌과의 곤충)와 같은 자세로 세 송이가 핀 것인데, 방 안은 그다지도 향기에 찼고, 창호지와 문틈 사이로 바깥까지 풍겨 나가는 것이었다.

우리는 옷깃을 여미고 가까이 다가가서 잎의 푸름을 보고 뒤로 물러나 횡일폭(橫一幅)의 묵화와 같이 백 천 획(百千劃)으로 벽에 어린 그림자를 바라보았다. 그리고 가람께 양란(養蘭)을 들으며, 방에 눌러앉아 일탁(一卓, 한 상)의 성찬을 받았으니, 술이면 난주(蘭酒)요, 고기면 난육(蘭肉)인 듯 입마다 향기였었다.

풍세란 두어 분(盆)도 미쓰고시(三越) 온실에서 보았던 것처럼 화경이 불쑥불쑥 올라 솟았다. 이것들이 모두 핀다면 그때는 문을 열어 놓지 않고는 앉아 있기 어려울 것이다.

주인 가람 선생은 이야기를 잘하신다. 객중에 지용 형은 웃음소리가 맑다. 우리는 청향청담청소성(淸香淸談淸笑聲, 난향, 난 이야기, 난 웃음소리) 속에 진잡(塵雜, 고민 혹은 번뇌)을 잊고 반야(半夜, 한밤중)를 즐기었다. 다만, 한이 되는 것은 옛 선비들을 따르지 못하여 여차양야(如此良夜, 무엇과도 비길 수 없는 좋은 밤)를 유감이무시(有感而無詩, 충분히 느꼈지만, 시를 짓지 못함)로 돌아온 것이다.

—1936년 정월 하순

#39

동경에 있는 S누이에게

— 이태준, 1933년 4월《신가정》

늦게 돌아온 밤이건만 자리에 누우니 낙숫물 소리가 그저 뚝뚝…… 귀를 퉁긴다.

눈이 녹는 소리! 무슨 서정조 음악을 듣는 것처럼 그 소리 다감하다.

S누이야, 동경은 여기보다 봄이 이른데, '도야마하라(戶山原, 일본 도쿄의 지명)' 같은 곳은 벌써 나비가 날지 않을까 싶다.

오늘, 아니 어제저녁 네 편지를 받아 읽고 나서부터 나는 틈틈이 너의 현재를 생각해 보았다. 그리고 지금 너의 경우가 우리 조선의 졸업을 앞둔 모든 여학생의 공통점임을 깨달았다. 이 편지를 공공한 지면에 쓰는 것도 바로 그 때문이다.

S누이야, 네 말은 솔직한 고백이다. 너는 지금 투기심으로 들뜰 때다. 여자의 일생 중 학업을 마칠 때처럼 투기심에 눈이 뒤집힐 때, 요행을 바

라는 때, 허영에 과민하기 쉬운 때는 없을 것이다. 결혼에 있어서든, 취업에 있어서든, 그야말로 한번 잘 걸리고 못 걸리는 데 일생의 호강과 고생이 오가고 하는 판이기 때문이다. 그래서 십 년, 이십 년씩 귀를 기울여 받은 교양도 한꺼번에 다 날려 보내고 가장 망령되이 계(稧, 필요에 의해 모인 협동 단체)판에 들어선 사람처럼 요행에 목을 달고 늘어지기 쉬운 때가 바로 이때라고 할 것이다.

어찌 여학생만 그러랴. 가만히 보면 요즘 아주 야단들이다. 매관매직을 일삼던 조선 말은 차라리 우리끼리나 하던 짓이었다. 어떻게 그렇게들 자존심이 없을까 보냐!

S누이야, 살찐 개의 열흘보다 여윈 사람으로 하루를 살지 않으려느냐?

첫째, 우리는 사람이다. 만물의 어른 노릇을 하는 인간이 아니냐. 우리 마음속에 떳떳함이 없을진대, 우리는 수치스러울 것이요, 우리 마음이 수치스러울진대, 우리 생명은 노예의 그것에 불과할 뿐이다. 모든 행복을 소유하려 하기 전에 먼저 그 행복을 행복답게 소유할 임자, 곧 '나'를 소유하자. 나 자신을 온전히 지배하자. 사업가가 되기 전에, 예술가가 되기 전에 조선 사람, 아니 세계 사람이 되기 전에, 먼저 나와 내가 되어야 한다.

S야, 너의 편지는 다소 침착함을 잃은 것 같았다. 네 말대로 뻔히 알면서도 '요행'을 건지려는 얄미움이 좀 보이고 팽창된 직역사상(直譯思想, 어떠한 사물에 대해 가지고 있는 구체적인 사고나 생각을 우리말로 번역하는 일)의 흥분도 십분 느껴졌다.

나는 너에게 권한다. 먼저, 고요히 눈을 감고 잊어버렸던 너 자신으로 돌아가라고. 그리고 네가 진정한 인간인 '너'의 주인이 되어서 모든 빛나는 활약을 펼쳐 달라고.

눈이 녹는 소리! 아마 내일 아침부터는 이 겨울눈을 다시 보지 못할까 보다. 그 대신 며칠만 지나면 너를 만나려니, 그날을 기다린다.

#40

/

수선(水仙)

— 이태준, 1941년 9월 수필집 《무서록》

최근 한 달 동안 사(社, 회사) 일로, 무슨 모임으로, 또는 밤이 긴 때이니 친구와 찻집에서 이야기로인해 늦어서야 집에 들어오곤 했습니다.

아이와 아내는 이미 잠들어 있었습니다. 바람이 있으면 풍경이 뎅그렁해줄(큰 쇠붙이이나 방울, 종 따위가 흔들리거나 부딪치는 소리 또는 그런 소리를 냄) 뿐, 그리고 방에 들어서면 문갑 위에 놓인 한 떨기 수선(水仙, 수선화)이 무거운 고개를 들기라도 하듯이 방긋한 웃음으로 맞아주었습니다.

수선.

"너는 고향이 어디냐?"

나는 지난밤 자리에 누우며 문득 그에게 이렇게 속삭였습니다.

그는 다음과 같이 도련도련(도란도란, 여럿이 나직한 목소리로 서로 정답게 이야기하는 소리. 또는 그 모양) 대답해주는 것 같았습니다.

"내 고향은 멀어요. 이렇게 추운 데는 아니에요. 하늘이 비취(짙은 초록색) 같고, 따스한 햇볕이 입김처럼 서리고, 그리고 물이 거울처럼 우리를 쳐다보면서 촬락촬락(적은 양의 물 따위가 자꾸 흘러넘치거나 가볍게 부딪치는 소리. 또는 그 모양) 흘러가는 곳이에요. 또 나비도 있어요. 부얼('벌'의 경기도, 강원도 방언)도 날라 오는 곳이에요." 라고 하는 듯, 그의 말소리는 애처로워 내 마음을 에는 듯했습니다.

"그럼, 너는 이제라도 너의 고향으로 가고 싶으냐?"

"네, 네, 나는 정말 이렇게 춥고, 새소리도 없고, 새파란 하늘도 없는 이런 방 안에서 필 줄은 정말 몰랐어요."

"하늘이 보고 싶으냐?"

"네, 따스한 하늘 말이에요."

"새소리가 듣고 싶으냐?"

"네, 물소리, 벌 소리도요……"

"그럼, 왜 이런 방에서 피었니?"

"그건 내 운명이에요. 물과 기온만 맞으면 아무 데서나 피어야 하는 것이 내 슬픈 운명이에요. 그래, 나는 저녁마다 혼자 울기도 했어요."

나는 슬펐습니다.

나는 제게 사랑과 정성을 아끼지 않았습니다. 그래서 내 사랑에 만족

했을 줄 믿었습니다.

사랑이란 잔인하기도 한 것. 나는 불을 끄고 누워 이 사실을 깨달았습니다. 그러나 어찌할까요? 나는 겨울이면 수선을 사다 기르는 것이 무엇보다도 탐내온 향락입니다. 그것은 나의 단념할 수 없는 행복이기 때문입니다.

민망한 일입니다.

강경애

1931년 잡지 《혜성》에 장편 《어머니와 딸》을 발표하면서 등단하였다. 특히 1934년 《동아일보》에 연재한 《인간문제》는 노동자의 삶을 예리하게 파헤쳐 근대소설사에서 빼놓을 수 없는 작품으로 평가받고 있다. 주요 작품으로 단편 〈지하촌〉, 〈채전〉 및 장편 《소금》, 《인간문제》 등이 있다.

박인환

1946년 시 〈거리〉를 《국제신보》에 발표하며 창작 활동을 시작했다. 암울한 시대의 절망과 실존적 허무를 피에로의 몸짓으로 대변하며, 모더니즘과 리얼리즘, 실존주의의 시세계를 구축했다. 주요 작품으로는 〈세월이 가면〉, 〈목마와 숙녀〉 등이 있다.

백 석

19세의 나이로 《조선일보》에 단편소설 〈그 모(母)와 아들〉을 발표하면서 문단에 데뷔하였다. 방언을 즐겨 쓰면서도 모더니즘을 발전적으로 수용한 시를 주로 발표하였다. 지방적 · 민속적인 것에 집착하며 특이한 경지를 개척하는 데 성공했다. 주요 작품으로 시집 《사슴》, 《고향》 등이 있다.

김진섭

현대에 들어 가장 본격적인 수필 창작가이자 수필 이론가로서 수필을 문학의 수준으로 끌어올렸다는 평가를 받고 있다. 1947년 첫 수필집 《인생예찬》, 1948년에는 수필가로서의 그의 위치를 굳힌 본격적인 수필집 《생활인의 철학》을 간행하였다.

백신애

1928년 단편 〈나의 어머니〉가 《조선일보》 신춘문예에 당선되면서 문단에 데뷔하였다. 주로 밑바닥 인생의 생활상을 사실주의 수법으로 다루었는데, 1934년 《개벽》에 발표한 〈적빈〉 등이 문단의 주목을 받았다. 주요 작품으로 《낙오》, 《정현수》 등이 있다.

임 화

시인 · 문학평론가. 1926년 카프에 가입한 이래 중추적 역할을 하였고 〈개설 신문학사〉를 통해 체계적인 방법론을 갖춘 근대문학사를 시도하였다. 〈우리 오빠와 화로〉, 〈우산 받은 요코하마〉 등의 시를 발표하였고, 《문학의 논리》라는 평론집을 저술하였다.

이광수

한국 근대 정신사 전개과정에서 중요한 역할을 했으며, 최초의 근대 장편소설 《무정》을 썼다. 1919년 '2 · 8 독립선언서'를 기초하고 상하이로 탈출, 임시정부 기관지인 《독립신문》의 주간으로 활동했지만, 친일 행위로 인해 그 빛이 바래고 말았다. 주요 작품으로 〈흙〉, 〈유정〉, 〈단종애사〉 등이 있다.

방정환

최초의 순수 아동잡지 《어린이》를 창간하고, 1921년 '어린이'라는 단어를 공식화했으며, 1923년 5월 1일 한국 최초의 어린이날을 만들었다. 이후 '세계아동예술전람회'와 '구연동화회'를 만드는 등 아동문학가 및 사회운동가로 활동했다. 주요 작품으로 《사랑의 선물》과 사후에 발간된 《소파전집》 등이 있다.

노천명

이화여전 재학 중 시 〈밤의 찬미〉, 〈포구의 밤〉 등을 발표하였고, 그 후 〈눈 오는 밤〉, 〈사슴처럼〉, 〈망향〉 등 주로 애틋한 향수를 노래한 시를 발표하였다. 널리 애송된 대표작 〈사슴〉으로 인해 '사슴의 시인'으로 불린다. 주요 작품으로 시집 《산호림》과 《별을 쳐다보며》, 수필집 《산딸기》 등이 있다.

채만식

민족이 처한 현실을 풍자적이고 해학적으로 표현해 풍자소설의 대가로 불린다. 계급적 관념의 현실 인식 감각과 전래의 구전문학 형식을 오늘에 되살리는 특유한 진술 형식을 창조했다. 주요 작품으로 단편 〈레디메이드 인생〉과 〈태평천하〉를 비롯해 장편 《탁류》 등이 있다.

홍난파

1918년 일본으로 건너가 도쿄음악학교에서 2년간 수학한 후 귀국, 1920년 〈봉선화〉의 원곡인 〈애수〉를 작곡했다. 음악잡지 《음악계》를 발간했으며, 소설 〈처녀혼〉, 〈향일초〉, 〈폭풍우 지난 뒤〉 등을 발표하며 문학에도 큰 재질을 보였다. 주요 작품으로 〈봉선화〉, 〈고향의 봄〉, 〈성불사의 밤〉 등이 있다.

김남천

카프 해소파의 주도적 역할을 하였고 사회주의 리얼리즘 논쟁에 대해서 러시아의 현실과는 다른 한국의 특수상황에 대한 고찰을 꾀해 모럴론 · 고발문학론 · 관찰문학론 및 발자크 문학연구에까지 이르는 일련의 '리얼리즘론'을 전개하였다. 대표작으로 장편 〈대하〉, 중편 〈맥〉 등이 있다.

김동인

간결하고 현대적 문체로 문장 혁신에 공헌한 소설가. 최초의 문학동인지 《창조》를 발간하였다. 사실주의적 수법을 사용하였고, 예술지상주의를 표방하며 순수문학 운동을 벌였다. 주요 작품으로 〈배따라기〉, 〈감자〉, 〈광염 소나타〉 등이 있다.

계용묵

단편 〈상환〉을 《조선문단》에 발표하면서 문단에 등장했다. 〈최서방〉, 〈인두지주〉 등 현실적이고 경향적인 작품을 발표했으나 이후 약 10여 년 간 절필하였다. 《조선문단》에 인간의 애욕과 물욕을 그린 〈백치 아다다〉를 발표하면서부터 순수문학을 지향하는 일관된 작품 경향을 유지했다.

이효석

근대 한국 순수문학을 대표하는 소설가. 1928년 《조선지광》에 단편 〈도시와 유령〉을 발표하면서 등단하였다. 한국 단편문학의 전형적인 수작이라고 할 수 있는 〈메밀꽃 필 무렵〉을 썼다. 장편 〈화분〉 등을 통해 성(性) 본능과 개방을 추구한 새로운 작품 및 서구적인 분위기를 풍기는 작품으로 주목받았다.

이 상

현대 문학을 논할 때 결코 빼놓을 수 없는 시인이자, 소설가, 수필가, 모더니즘 운동의 기수. 건축가로 일하면서 수많은 작품을 발표하였으며, 전위적이고 해체적인 글쓰기로 한국 모더니즘 문학사를 개척하였다. 주요 작품으로 소설 〈날개〉를 비롯해 시 〈거울〉, 〈오감도〉 등 수많은 작품이 있다.

최서해

신경향파의 대표적 소설가. 몇 명의 엘리트의 눈으로 바라본 일부의 삶이 아닌 실제 체험을 통한 대다수 극빈층의 생활상을 날카롭게 표현해 그들의 울분과 서러움을 적나라하게 드러내고 있다. 이에 그의 문학을 '체험문학', '빈궁문학'이라고 일컫는다. 주요 작품으로 〈탈출기〉, 〈홍염〉 등이 있다.

이태준

근대를 대표하는 단편소설 작가. 특히 단편소설의 서정성을 높여 예술적 완성도와 깊이를 높였다는 평가를 받고 있다. 구인회에 가담하였고, 이화여전 강사와 《조선중앙일보》 학예부장 등을 역임하였다. 주요 작품으로 수필집 《무서록》과 문장론 《문장강화》 및 다수의 소설이 있다.

잘 지내나요? 겨울

초판 1쇄 인쇄 2017년 1월 16일
초판 1쇄 발행 2017년 1월 23일

엮은이 임채성
발행인 성재림
디자인 산타클로스

펴낸곳 도서출판 판테온하우스
주 소 서울시 양천구 목동 923-14 드림타워 제10층 1010호
전 화 070-4121-6304 **팩 스** 02)332-6306
메 일 pacemaker386@gmail.com
블로그 http://blog.naver.com/asra21
포스트 http://post.naver.com/my.nhn?memberNo=6626924

출판등록 2010년 4월 22일(신고번호 제313-2010-119호)

종이책 ISBN 978-89-94943-36-7 03810
전자책 ISBN 978-89-94943-37-4 05810

이 도서의 국립중앙도서관 출판시도서목록(CIP)은 서지정보유통지원시스템 홈페이지(http://seoji.nl.go.kr)와 국가자료공동목록시스템(http://www.nl.go.kr/kolisnet)에서 이용하실 수 있습니다. (CIP제어번호: CIP2016030256)